1865-го года.

Глава I.

...въ началѣ...

...въ 1850-тыхъ годахъ, ко...

...былъ возвращенъ...

...старикомъ,...

...въ началѣ...

...вскорѣ послѣ...

A MORTE DE IVAN ILITCH

Conheça os títulos da coleção SÉRIE OURO:

365 REFLEXÕES ESTOICAS
1984
A ARTE DA GUERRA
A DIVINA COMÉDIA - INFERNO
A DIVINA COMÉDIA - PURGATÓRIO
A DIVINA COMÉDIA - PARAÍSO
A IMITAÇÃO DE CRISTO
A INTERPRETAÇÃO DOS SONHOS
A METAMORFOSE
A MORTE DE IVAN ILITCH
A ORIGEM DAS ESPÉCIES
A REVOLUÇÃO DOS BICHOS
ALICE NO PAÍS DAS MARAVILHAS
ALICE ATRAVÉS DO ESPELHO
ANNA KARENINA
CARTAS A MILENA
CONFISSÕES DE SANTO AGOSTINHO
CONTOS DE FADAS ANDERSEN
CRIME E CASTIGO
DOM CASMURRO
DOM QUIXOTE
FAUSTO
GARGÂNTUA & PATAGRUEL
MEDITAÇÕES
MEMÓRIAS PÓSTUMAS DE BRÁS CUBAS
MITOLOGIA GREGA E ROMANA
NOITES BRANCAS
O CAIBALION
O DIÁRIO DE ANNE FRANK
O IDIOTA
O JARDIM SECRETO
O LIVRO DOS CINCO ANÉIS
O MORRO DOS VENTOS UIVANTES
O PEQUENO PRÍNCIPE
O PEREGRINO
O PRÍNCIPE
O PROCESSO
ORGULHO E PRECONCEITO
OS IRMÃOS KARAMÁZOV
PERSUASÃO
RAZÃO E SENSIBILIDADE
SOBRE A BREVIDADE DA VIDA
SOBRE A VIDA FELIZ & TRANQUILIDADE DA ALMA
VIDAS SECAS

Conheça os títulos da coleção SÉRIE LUXO:

JANE EYRE
O MORRO DOS VENTOS UIVANTES

TOLSTÓI

A MORTE DE IVAN ILITCH

TEXTO INTEGRAL
EDIÇÃO ESPECIAL DE 139 ANOS

GARNIER
DESDE 1844

GARNIER
DESDE 1844

Fundador: **Baptiste-Louis Garnier**

Título original: Смерть Ивана Ильичá

1ª Impressão 2025

Presidente: Paulo Roberto Houch
MTB 0083982/SP

Coordenação Editorial: Priscilla Sipans
Coordenação de Arte: Rubens Martim (capa e diagramação)
Produção editorial: Eliana S. Nogueira
Tradução: Gabriel Pangracio
Revisão: Júlia Rajão
Apoio de Revisão: Lilian Rozati e Guilherme Aquino

Vendas: Tel.: (11) 3393-7727 (comercial2@editoraonline.com.br)

Foi feito o depósito legal.
Impresso na China.

Dados Internacionais de Catalogação na Publicação (CIP)
de acordo com ISBD

T654m Tolstói, Leon
A Morte de Ivan Ilitch - Série Ouro / Leon Tolstói. – Barueri : Editora Garnier, 2024.
96 p. ; 15,1cm x 23cm.

ISBN: 978-65-84956-91-9

1. Literatura russa. I. Título.

2024-4275 CDD 891.7
CDU 821.161.1

Elaborado por Vagner Rodolfo da Silva - CRB-8/9410

IBC — Instituto Brasileiro de Cultura LTDA
CNPJ 04.207.648/0001-94
Avenida Juruá, 762 — Alphaville Industrial
CEP. 06455-010 — Barueri/SP
www.editoraonline.com.br

SUMÁRIO

APRESENTAÇÃO

TOLSTÓI: O GÊNIO DA LITERATURA

No final do século XIX, período marcado por grandes transformações sociais, políticas e culturais na Rússia, houve o *Manifesto de Emancipação*, decretado pelo Czar Alexandre II, que em 1861 libertou todos os servos submetidos à autoridade dos nobres proprietários de terras, numa tentativa de modernizar o país que acabou trazendo consequências inesperadas.

A sociedade russa vivia uma tensão crescente entre a aristocracia — que lutava para manter seus privilégios — e a emergente burguesia urbana, que buscava ascensão por meio do trabalho e da educação. Tolstói, nascido em uma família aristocrática, observava de perto as mudanças que moldavam a sua terra natal. No entanto, tornou-se cada vez mais crítico em relação aos valores de sua classe social e à superficialidade da vida burguesa.

Em seus últimos anos, renunciou aos prazeres materiais, adotando um estilo de vida simples e um pensamento baseado no cristianismo primitivo e no pacifismo. Especialmente devido às suas convicções religiosas e filosóficas, que o levaram a rejeitar sua riqueza e questionar as bases do matrimônio tradicional, abandonou sua mulher, Sofia Andréievna Behrs, com quem teve 13 filhos — dos quais apenas 8 sobreviveram.

Foi justamente nessa época de transição pessoal e profunda desilusão social que *A Morte de Ivan Ilitch* ganhou vida, sendo um exemplo perfeito do estilo literário de Tolstói, que combina realismo e profundidade psicológica. Uma das habilidades mais marcantes do autor está em descrever com precisão os pensamentos e emoções das personagens, permitindo ao leitor experimentar suas angústias e reflexões. Assim, enfatizando a inevitabilidade da morte desde o início, a sensação de fatalismo permeia toda a narrativa.

A trama de *A Morte de Ivan Ilitch* se passa em um ambiente marcado pela ostentação e pelo materialismo da burguesia russa do século XIX. Ivan Ilitch, o personagem principal, é um juiz que dedica sua vida a cumprir as expectativas sociais, buscando ascender profissionalmente e manter uma imagem de respeitabilidade, porém, ao mesmo passo, demonstra uma alienação em relação às pessoas ao seu redor, desconexão característica de uma sociedade que prioriza o material sobre o espiritual. Sendo uma figura trágica e complexa, ao ser confrontado com a realidade da morte, ele percebe o vazio de sua própria existência. Porém, a jornada de Ivan não é apenas marcada pela angústia, mas também pela possibilidade de redenção, à medida que ele reflete sobre a autenticidade de suas escolhas e busca um sentido mais profundo para a vida.

Em meio às aparências, onde as relações humanas são guiadas por interesses e conveniências, e não por valores autênticos, Tolstói evidentemente critica o comportamento dos colegas de Ivan, que, ao saberem de sua morte, preocupam-se mais com as implicações práticas – como as oportunidades de promoção – do que com a perda em si. Esse vazio emocional também se reflete no seio familiar. A esposa de Ilitch, Praskovya, é uma figura que simboliza a hipocrisia, preocupada mais com questões financeiras e status do que com o bem-estar de seu marido. Enquanto isso, Gerasim, seu jovem criado, é o único personagem verdadeiramente autêntico: ele aceita a morte como parte natural da vida e representa a simplicidade e pureza tão valorizados por Tolstói, em oposição à artificialidade que o rodeava no mundo real.

Tolstói experimentou as tragédias de perder a mãe aos dois anos e o pai aos nove, sendo criado por parentes próximos. Tais perdas precoces marcaram profundamente sua sensibilidade e sua visão de mundo, permeando suas narrativas tanto com as tradições aristocráticas quanto com a vida simples dos camponeses que trabalhavam na propriedade da família, um contraste característico de muitas de suas obras, esta inclusa.

O impacto de *A Morte de Ivan Ilitch* vai além da literatura russa, influenciando escritores e pensadores de diversas culturas e períodos, o que coloca sua obra ao lado de clássicos como *A Divina Comédia*, de Dante Alighieri, e *O Estrangeiro*, de Albert Camus. Além disso, Franz Kafka, por exemplo, foi fortemente influenciado por Tolstói, especialmente em relação ao tema da alienação. Em *A Metamorfose*, ele aborda questões semelhantes, como a desconexão entre o indivíduo e a sociedade, e o confronto com uma realidade absurda. Outros autores ainda, como James Joyce e Virginia Woolf, também foram inspirados pelo estilo introspectivo e pela profundidade psicológica de Tolstói. Obras como *Ulisses* e *Mrs. Dalloway* exploram, de maneira similar, os pensamentos e emoções das personagens.

Ler *A Morte de Ivan Ilitch* é uma experiência transformadora que desafia o leitor a confrontar questões fundamentais sobre a vida. A obra não oferece respostas fáceis, mas convida à introspecção e ao questionamento de valores que muitas vezes tomamos como garantidos. Ademais, a novela é uma oportunidade de explorar o gênio literário de Tolstói, cuja habilidade em capturar as complexidades da condição humana continua a inspirar leitores e escritores ao redor do mundo.

Por fim, *A Morte de Ivan Ilitch* é uma lembrança poderosa de que a literatura pode ser não apenas um entretenimento, mas também um meio de buscar sentido e compreensão em um mundo muitas vezes confuso e incerto.

A ESCRITA DE TOLSTÓI

Tolstói começou a escrever no início dos anos 1850, enquanto servia no exército russo durante a Guerra do Cáucaso. Sua primeira obra publicada, *Infância*, é uma narrativa de ficção autobiográfica que explora as memórias e emoções de seus primeiros anos. A recepção calorosa ao conto estabeleceu Tolstói como uma nova voz promissora na literatura russa.

Durante a Guerra da Crimeia, ele escreveu *Sebastopol*, uma série de contos que capturam a realidade do conflito a partir da perspectiva dos soldados. Essas narrativas, marcadas pelo realismo e pela empatia, destacaram sua habilidade em retratar a natureza humana em situações extremas.

Após deixar o exército, Tolstói dedicou-se à escrita e ao ensino. Ele fundou escolas para os filhos de camponeses em sua propriedade, experimentando métodos pedagógicos inovadores que refletiam sua crença no poder transformador da educação.

A trajetória literária de Tolstói é marcada por uma notável evolução de estilo e tema:

Fase inicial:

Obras como *Infância* e *Sebastopol* demonstram um estilo introspectivo, com foco em experiências pessoais e dilemas morais.

Fase de maturidade:

Nos anos 1860 e 1870, Tolstói produziu seus dois maiores épicos: *Guerra e Paz* (1869) e *Anna Karênina* (1877). Essas obras combinam narrativas grandiosas com análises profundas da condição humana, explorando temas como amor, guerra, história e destino.

Fase tardia:

Após sua crise espiritual nos anos 1880, Tolstói voltou-se para questões religiosas e filosóficas. Obras como *A Morte de Ivan Ilitch* (1886) e *Ressurreição* (1899) refletem uma visão crítica da sociedade e da hipocrisia religiosa.

Ao longo de sua vida, Tolstói produziu uma vasta obra, incluindo romances, contos, ensaios e textos filosóficos. Algumas de suas principais obras e os anos em que foram escritas incluem:

- *Infância* (1852): uma obra de ficção autobiográfica que explora as memórias da infância.
- *Os Cossacos* (1863): um romance sobre a vida nas fronteiras da Rússia, baseado em suas próprias experiências.
- *Guerra e Paz* (1869): um épico que combina ficção e história, narrando as guerras napoleônicas e suas repercussões na sociedade russa.

• *Anna Karênina* (1877): uma tragédia que aborda temas como amor, infidelidade e os conflitos entre o indivíduo e a sociedade.

• *A Morte de Ivan Ilitch* (1886): uma reflexão sobre a morte e o significado da vida, escrita durante a fase espiritual de Tolstói.

• *Ressurreição* (1899): um romance que denuncia a injustiça social e os males do sistema jurídico e religioso.

Leon Tolstói ocupa um lugar de destaque no panteão da literatura mundial, ao lado de nomes como William Shakespeare e Miguel de Cervantes. Além de sua influência literária, foi um pensador cujas ideias transcenderam a ficção. Sua defesa da não violência e sua crítica à sociedade inspiraram até mesmo líderes como Mahatma Gandhi e Martin Luther King Jr.

Em 1910, aos 82 anos, após abandonar sua família e sua propriedade, buscando uma vida de simplicidade, adoeceu e morreu poucos dias depois, em uma pequena estação ferroviária em Astápovo, cercado por seguidores e jornalistas. Sua morte simbolizou o culminar de uma vida dedicada à busca pela verdade e pelo sentido da existência. Até hoje, Tolstói é lembrado não apenas como um grande escritor, mas como um homem que desafiou as normas de sua época em busca de um ideal mais elevado.

A vida e obra de Leon Tolstói são um testemunho do poder transformador da literatura. De suas narrativas épicas às reflexões filosóficas, ele explorou as questões mais profundas da existência humana, oferecendo um legado que continua a inspirar e desafiar leitores ao redor do mundo. Sua genialidade, marcada pela habilidade de capturar tanto a grandiosidade quanto a simplicidade da vida, garante-lhe um lugar eterno na história da literatura mundial.

CAPÍTULO I

Durante um intervalo no julgamento de Melvinski no grande edifício do Tribunal de Justiça, os membros e promotores públicos se reuniram na sala privada de Ivan Egorovich Shebek, onde a conversa girou em torno do célebre caso Krasovski. Fiódor Vasilievich afirmou calorosamente que não estava sujeito à sua jurisdição, Ivan Egorovich sustentou o contrário, enquanto Piotr Ivanovich, não tendo entrado na discussão no início, não participou, mas pesquisou na Gazeta que acabava de ser entregue.

— Senhores — disse ele —, Ivan Ilitch morreu!

— Não é possível!

— Aqui, leia você mesmo — respondeu Piotr Ivanovich, entregando o papel a Fiódor Vasilievich, que ainda cheirava a tinta. Cercadas por uma borda preta estavam as palavras:

"Praskovya Fedorovna Golovina, com profunda tristeza, informa aos parentes e amigos da morte de seu amado marido Ivan Ilitch Golovin, Membro do Tribunal de Justiça, ocorrida em fevereiro, no dia 4, deste ano de 1882. O funeral terá lugar na sexta-feira, à uma hora da tarde."

Ivan Ilitch havia sido colega dos cavalheiros presentes e era estimado por todos. Ele esteve enfermo por algumas semanas, com uma doença considerada incurável. Seu cargo foi mantido aberto por ele, mas havia conjecturas de que, em caso de sua morte, Alexeyev poderia receber sua nomeação, e que Vinnikov ou Shtabel sucederia Alexeyev. Então, ao receber as notícias da morte de Ivan Ilitch, o primeiro pensamento de cada um dos cavalheiros naquela sala privada foram as mudanças e promoções que poderiam ocorrer entre eles ou seus conhecidos.

"Certamente receberei a casa de Shtabel ou de Vinnikov", pensou Fiódor Vasilievich. "Isso já me foi prometido há muito tempo, e a promoção significa 800 rublos extras por ano para mim, além da mesada."

"Agora devo solicitar a transferência do meu cunhado de Kaluga", refletia Piotr Ivanovich. "Minha esposa vai ficar muito feliz e não vai poder dizer que eu nunca faço nada para beneficiar os parentes dela."

— Achei que ele nunca mais sairia da cama — disse Piotr Ivanovich em voz alta. — É muito triste.

— Mas o que realmente estava acontecendo com ele?

— Os médicos não sabiam dizer, ou pelo menos não podiam, mas cada um disse algo diferente. Da última vez que o vi, achei que estava melhorando.

— Eu não vou visitá-lo desde as férias. Pensei em ir diversas vezes.

— Ele tinha alguma propriedade?

— Acho que a esposa dele tinha uma, mas algo discreto e insignificante.

— Temos que ir vê-la, mas eles moram terrivelmente longe.

— Longe de você, quer dizer. Tudo é longe da sua casa.

— Veja, ele nunca vai me perdoar por viver do outro lado do rio — disse Piotr Ivanovich, sorrindo para Shebek. Então, ainda falando das distâncias entre as diferentes partes da cidade, eles voltaram para o tribunal.

Além de considerações quanto às prováveis transferências e promoções resultantes da morte de Ivan Ilitch, o mero falecimento de um quase conhecido, como de costume, despertou em todos os que ouviram a notícia o sentimento complacente de que "foi ele quem morreu, e não eu".

Cada um pensou ou sentiu: "Bem, ele está morto, mas eu estou vivo!" Mas os mais íntimos de Ivan Ilitch, seus chamados amigos, não podiam deixar de pensar também que, agora, teriam que cumprir as exigências muito cansativas de decoro, comparecendo ao serviço fúnebre e fazendo uma visita de condolências à viúva.

Fiódor Vasilievich e Piotr Ivanovich eram seus conhecidos mais próximos. Piotr Ivanovich havia estudado direito com Ivan Ilitch e se considerava em dívida com ele.

Tendo contado à esposa, na hora do jantar, sobre a morte de Ivan Ilitch e sobre a possibilidade de transferir seu irmão para o seu circuito, Piotr Ivanovich sacrificou seu cochilo habitual, vestiu suas roupas de noite e dirigiu para a casa de Ivan Ilitch.

Na entrada, havia uma carruagem e dois táxis. Encostada na parede do corredor no andar de baixo, perto do manto, havia uma tampa de caixão coberta com tecido dourado, ornamentado com cordões de ouro e borlas polidas com pó de metal. Duas senhoras de preto tiravam seus mantos de pele. Piotr Ivanovich reconheceu uma delas como a irmã de Ivan Ilitch, mas a outra era uma estranha para ele. Seu colega Schwartz descia as escadas, mas, ao ver Piotr Ivanovich, parou e piscou para ele, como se dissesse: "Ivan Ilitch fez uma grande bobagem, diferente de nós." O rosto de Schwartz, com seus grandes bigodes, e seu corpo esguio em trajes de noite tinham, como sempre, um ar de cerimoniosa elegância que contrastava com a ludicidade de seu personagem e tinha um sabor especial, ou assim parecia a Piotr Ivanovich. Piotr Ivanovich deu passagem às damas, e lentamente as seguiu escada acima.

Schwartz não desceu, permaneceu onde estava, e Piotr Ivanovich logo compreendeu que ele queria combinar uma partida de bridge mais tarde naquela noite. As senhoras subiram para o quarto da viúva, e Schwartz, com os lábios seriamente comprimidos, mas um olhar brincalhão, indicou com um movimento de sobrancelhas o quarto à direita onde o corpo jazia.

Piotr Ivanovich, como todo mundo em tais ocasiões, entrou sem saber como deveria se comportar. Tudo o que ele sabia era que, nessas horas, é sempre seguro fazer o sinal da cruz. Mas não tinha certeza se deveria se ajoelhar ao fazê-lo. Ele, portanto, optou por um meio-termo. Ao entrar na sala, se benzeu e fez um leve movimento de cabeça. Ao mesmo tempo, tanto quanto sua mobilidade permitia, examinou a sala.

Dois jovens, aparentemente sobrinhos do falecido, um dos quais era um estudante, estavam saindo da sala, benzendo-se no caminho. Uma velha estava de pé, imóvel, e uma senhora com sobrancelhas estranhamente arqueadas dizia algo a ela em um sussurro. Um leitor da Igreja, vigoroso e resoluto, vestido com uma sobrecasaca, lia algo em voz alta, com uma expressão que excluía qualquer contradição. O assistente do mordomo, Gerasim, pisando levemente na frente de Piotr Ivanovich, jogava algo no chão. Percebendo isso, Piotr Ivanovich imediatamente sentiu um leve odor de corpo em decomposição. Na última vez que visitou Ivan Ilitch, Piotr Ivanovich vira Gerasim no escritório. Ivan Ilitch gostava muito dele, que desempenhava a função de enfermeiro do doente.

Piotr Ivanovich continuou a fazer o sinal da cruz, inclinando levemente a cabeça em uma direção intermediária entre o caixão, o leitor e os ícones na mesa em um canto da sala. Depois, quando lhe pareceu que já havia se benzido bastante, interrompeu o movimento e começou a examinar o cadáver.

O morto jazia, como os mortos sempre jazem, de uma forma especialmente pesada, seus membros rígidos afundados nas almofadas macias do caixão, com a cabeça curvada sobre o travesseiro. Sua face estava amarela como cera, sua sobrancelha sob as têmporas afundadas foi projetada para cima, o nariz saliente parecendo pressionar o lábio superior. Ele havia mudado muito e estava até mais magro desde que Piotr Ivanovich o vira pela última vez, mas, como é muito peculiar aos mortos, seu rosto estava mais bonito e, acima de tudo, mais digno do que quando estava vivo. A expressão em seu rosto dizia que o que era necessário havia sido realizado, e corretamente realizado. Além disso, havia nessa expressão uma reprovação e uma advertência aos vivos. Esse aviso pareceu desnecessário a Piotr Ivanovich, ou pelo menos não aplicável a ele. Ele sentiu um certo desconforto e, então, apressadamente se benzeu mais uma vez, enquanto se virava e saía pela porta, de maneira um tanto inapropriada para a situação, como ele próprio sabia.

Schwartz o esperava na sala ao lado, com as pernas bem abertas e ambas as mãos brincando com sua cartola atrás das costas. A simples visão daquela elegante figura bem cuidada e brincalhona revigorou Piotr Ivanovich. Ele sentiu que Schwartz estava acima de todos esses acontecimentos e não se renderia a quaisquer influências deprimentes. Seu próprio olhar dizia que este incidente do velório de Ivan Ilitch não era razão suficiente para modificar o curso natural das coisas. Em outras palavras, o ocorrido não o impediria de desembrulhar um novo baralho de cartas e embaralhá-las naquela noite, enquanto um criado colocava velas novas na mesa. Na verdade, não havia razão para supor que o incidente impediria que passassem a noite agradavelmente. Na verdade, ele disse isso em um sussurro quando Piotr Ivanovich passou por ele, propondo que eles se encontrassem para um jogo na casa de Fiódor Vasilievich.

No entanto, aparentemente, Piotr Ivanovich não estava destinado a jogar bridge naquela noite. Praskovya Fedorovna, uma mulher baixa e gorda que, apesar de todos os esforços para o contrário, continuava a se alargar constantemente da cintura para baixo, e que tinha as mesmas sobrancelhas extraordinariamente arqueadas, vestida toda de preto, com a cabeça coberta por um pano de renda, saiu de seu próprio quarto com algumas outras senhoras, conduziu-as para a sala onde o cadáver jazia e disse:

— O serviço vai começar imediatamente. Por favor, entre.

Schwartz, fazendo uma reverência indefinida, ficou parado, evidentemente sem aceitar nem recusar o convite. Praskovya Fedorovna, reconhecendo Piotr Ivanovich, suspirou, aproximou-se dele, pegou sua mão e disse:

— Eu sei que você era um verdadeiro amigo de Ivan Ilitch... e olhou para ele aguardando alguma resposta apropriada.

E Piotr Ivanovich sabia disso, assim como sabia que a coisa certa era apertar a mão da viúva, suspirar e dizer: "Acredite em mim..." Então foi exatamente o que fez, e sentiu que o resultado desejado tinha sido alcançado: tanto ele quanto ela foram tocados.

— Venha comigo. Quero falar com você antes que comece — disse a viúva. — Dê-me seu braço.

Piotr Ivanovich deu-lhe o braço e eles foram para as salas internas, passando por Schwartz, que piscou para Piotr Ivanovich com compaixão.

— Já era a nossa jogatina! Não se incomode se encontrarmos outro jogador. Talvez você possa ser incluído se conseguir escapar a tempo — disse seu olhar brincalhão.

Piotr Ivanovich suspirou ainda mais desanimada e profundamente, e Praskovya Fedorovna apertou com gratidão o braço que ele oferecia. Quando chegaram à sala de estar, revestida por cretone rosa e iluminada por uma lâmpada fraca, eles se sentaram à mesa — ela em um sofá e Piotr Ivanovich em um pufe baixo, cujas molas cederam involuntariamente sob seu peso.

Praskovya Fedorovna esteve a ponto de alertá-lo para tomar outro assento, mas sentiu que tal aviso estava fora de sua condição atual e, então, mudou de ideia. Quando se sentou no pufe, Piotr Ivanovich lembrou-se de quando Ivan Ilitch decorou a sala e o consultou sobre este cretone rosa com folhas verdes. A sala inteira estava cheia de móveis e bugigangas e, ao percorrer o caminho até o sofá, a renda do xale preto da viúva ficou presa na beira de uma mesa. Piotr Ivanovich levantou-se para desenganchá-lo, e as molas do pufe, aliviadas de seu peso, também se ergueram, dando-lhe um empurrão. A viúva começou a tirar o xale ela mesma, e Piotr Ivanovich sentou-se novamente, suprimindo sob ele as molas rebeldes do pufe. Mas a viúva não tinha exatamente libertado-se, e Piotr Ivanovich levantou-se novamente, e novamente o pufe rebelou-se, chegando até a ranger. Quando tudo acabou, ela pegou um lenço de cambraia limpo e começou a chorar. O episódio com o xale e a luta com o pufe esfriaram as emoções de Piotr Ivanovich, que permaneceu imóvel com uma expressão carrancuda no rosto. Essa situação embaraçosa foi interrompida por Sokolov, mordomo de Ivan Ilitch, que veio relatar que o túmulo escolhido no cemitério por Praskovya Fedorovna custaria duzentos rublos. Ela parou de chorar e, olhando para Piotr Ivanovich com ar de vítima, comentou em francês que a situação era muito difícil para ela. Piotr Ivanovich fez um gesto silencioso, demonstrando sua plena convicção de que realmente deveria ser assim.

— Por favor, fume — disse ela com uma voz magnânima, mas esmagada, e se virou para discutir com Sokolov o preço do lote para o túmulo.

Piotr Ivanovich, enquanto acendia o cigarro, ouviu-a indagando circunstancialmente sobre os preços dos diferentes terrenos do cemitério e, finalmente, decidir qual ela compraria. Após resolver o assunto, ela deu instruções sobre a música e o coro do velório. Sokolov então saiu da sala.

— Eu cuido de tudo sozinha — disse ela a Piotr Ivanovich, mudando os álbuns que estavam na mesa e, notando que a cinza de seu cigarro estava prestes a cair sobre o móvel, imediatamente passou-lhe um cinzeiro, enquanto dizia: — Considero uma afetação dizer que a minha dor impede que eu cuide de assuntos práticos. Pelo contrário, se algo pudesse, não digo consolar-me, mas distrair-me, seria o fato de cuidar de tudo que diz respeito a ele.

Ela novamente tirou um lenço como se estivesse se preparando para chorar, mas, de repente, como se controlando seus sentimentos, se sacudiu e começou a falar com calma.

— Mas há algo que quero falar com você.

Piotr Ivanovich fez uma reverência, mantendo o controle das molas do pufe, que imediatamente começou a tremer sob ele.

— Ele sofreu terrivelmente nos últimos dias.

— Ele sofreu? — repetiu Piotr Ivanovich.

— Oh, terrivelmente! Ele gritou incessantemente, não por minutos, mas por horas. Durante os últimos três dias, ele gritou incessantemente. Era insuportável. Não sei como aguentei; era possível ouvi-lo a três quartos de distância. Oh, como eu sofri!

— É possível que ele estivesse consciente o tempo todo? — perguntou Piotr Ivanovich.

— Sim — ela sussurrou. — Até o último momento. Ele se despediu de nós um quarto de hora antes de morrer, e nos pediu para levar Volodya embora.

A ideia do sofrimento do homem que ele conheceu tão intimamente, primeiro como um pequeno e alegre menino, depois como um colega de escola, e mais tarde como um amigo adulto, de repente atingiu Piotr Ivanovich terrivelmente, ainda que tivesse consciência de sua própria dissimulação e do fingimento da mulher. Mais uma vez viu aquela face com a sobrancelha protuberante e nariz pressionando o lábio, e sentiu medo.

"Três dias de terrível sofrimento, e depois a morte! Isso poderia de repente, a qualquer momento, acontecer comigo", ele pensou e, por um momento, sentiu-se apavorado. Mas rapidamente, ele mesmo não sabia como, ocorreu-lhe a costumeira reflexão de que aquilo havia acontecido com Ivan Ilitch, e não com ele, e nem poderia acontecer-lhe, e que o fato de pensar que algo assim só significava que ele estava cedendo à depressão, o que não deveria acontecer, como a expressão de Schwartz claramente demonstrava. Após essa reflexão, Piotr Ivanovich se sentiu mais tranquilo e começou a perguntar com interesse sobre os detalhes da morte de Ivan Ilitch, como se a morte fosse um acidente natural para o amigo, mas certamente não para ele mesmo.

Depois de muitos detalhes dos sofrimentos físicos realmente terríveis que Ivan Ilitch suportou, e sobre o efeito desse sofrimento nos nervos de Praskovya Fedorovna, a viúva, aparentemente, achou necessário começar a trabalhar nas questões práticas.

— Oh, Piotr Ivanovich, como é difícil! Terrivelmente, terrivelmente difícil! — e outra vez começou a lamentar.

Piotr Ivanovich suspirou e esperou que ela terminasse de assoar o nariz. Quando ela terminou, ele disse:

— Acredite em mim...

Ela, no entanto, começou mais uma vez a falar, e abordou a questão que era, evidentemente, seu principal assunto com ele, ou seja, questioná-lo sobre como ela poderia obter uma concessão de dinheiro do governo por ocasião da morte de seu marido. A viúva fez parecer que estava pedindo o conselho de Piotr Ivanovich sobre sua pensão, mas ele logo percebeu que ela já sabia sobre isso nos mínimos detalhes, até mesmo mais do que ele. Ela sabia o quanto poderia ser extraído do governo em consequência da morte de seu marido, mas queria saber se não poderia extrair algo mais. Piotr Ivanovich tentou pensar em alguns meios de fazer isso, mas, depois de refletir um pouco e, por acaso, condenar o governo por sua avareza, anunciou que acreditava que nada mais poderia ser feito. Ela então suspirou e, visivelmente, começou a imaginar meios de se livrar de seu visitante. Percebendo isso, ele apagou o cigarro, levantou-se, apertou a mão da viúva e saiu para a antessala.

Na sala de jantar, onde estava o relógio do qual Ivan Ilitch tanto gostava, comprado em um antiquário, Piotr Ivanovich conheceu um padre e alguns conhecidos que haviam comparecido ao velório, e reconheceu a filha de Ivan Ilitch. A bela jovem estava vestida de preto, e seu corpo esguio parecia mais esguio do que nunca. Trazia um ar sombrio, determinado, uma expressão quase zangada, e cumprimentou Piotr Ivanovich como se ele fosse, de alguma forma, culpado.

Atrás dela, com o mesmo olhar ofendido, estava um jovem rico, juiz de instrução, a quem Piotr Ivanovich também conhecia, e que ouvira dizer ser o noivo da jovem. Ele saudou-os tristemente, e estava prestes a passar para a câmara mortuária quando, no início da escada, apareceu a figura do filho de Ivan Ilitch, extremamente parecido com o pai. Parecia um pequeno Ivan Ilitch, tal como Piotr Ivanovich se lembrava dele na Faculdade de Direito. Seus olhos cheios de lágrimas tinham a expressão que se vê nos olhos de meninos de treze ou quatorze anos que têm a mente impura. Quando viu Piotr Ivanovich, franziu o cenho taciturno e envergonhado. Piotr Ivanovich acenou com a cabeça para ele e entrou na câmara mortuária. O serviço começou: velas, gemidos, incenso, lágrimas e soluços. Piotr Ivanovich ficou olhando sombriamente para seus pés. Não olhou uma única vez para o homem morto, não cedeu a nenhuma influência deprimente, e foi um dos primeiros a deixar a sala. Não havia ninguém na antessala, mas Gerasim disparou para fora do quarto mortuário, vasculhou com as mãos fortes entre os casacos de pele para encontrar o de Piotr Ivanovich e ajudou a vesti-lo.

— Pois é, amigo Gerasim — disse Piotr Ivanovich, para quebrar o silêncio. — É um caso triste, não é?

— É a vontade de Deus. Todos nós passaremos por isso algum dia — disse Gerasim, exibindo os dentes brancos de camponês saudável e, como um homem no meio de um trabalho urgente, rapidamente abriu a porta da frente, chamou o cocheiro, ajudou Piotr Ivanovich a entrar no carro e voltou às pressas para a casa, como se estivesse pronto para a sua próxima tarefa.

Piotr Ivanovich achou o ar fresco particularmente agradável depois do cheiro de incenso, de cadáver e de ácido carbólico.

— Para onde, senhor? — perguntou o cocheiro.

— Ainda está em tempo... Siga para a casa de Fiódor Vasilievich.

E, portanto, dirigiu-se para lá, e os encontrou terminando a primeira partida, podendo participar do jogo que se iniciaria em seguida.

CAPÍTULO II

A vida de Ivan Ilitch era muito simples, muito comum e, portanto, terrível. Havia sido membro do Tribunal de Justiça e morreu aos quarenta e cinco anos. Seu pai foi um funcionário que, depois de servir em vários ministérios e departamentos em Petersburgo, construiu o tipo de carreira que leva os homens a posições das quais, por causa de seu longo serviço, eles não podem ser demitidos, embora sejam obviamente inadequados para ocupar qualquer cargo de responsabilidade e, por isso, ganham cargos especiais que, embora fictícios, pagam salários muito reais de seis a dez mil rublos, com os quais os funcionários vivem até uma idade avançada.

Assim era o Conselheiro Privado e membro supérfluo de várias instituições supérfluas, Ilya Epimovich Golovin. Ele teve três filhos, sendo Ivan Ilitch o segundo. O filho mais velho estava seguindo os passos de seu pai, mas em outro departamento, e já estava próximo dessa fase do serviço na qual uma sinecura semelhante seria alcançada. O terceiro filho era um fracasso. Havia arruinado suas perspectivas em vários cargos e agora servia no departamento de ferrovias.

Seu pai, seus irmãos, e principalmente suas cunhadas, não apenas não gostavam de encontrá-lo, mas evitavam se lembrar de sua existência, a menos que fossem obrigados a fazê-lo. Sua irmã se casou com o Barão Greff, um funcionário de Petersburgo da mesma classe de seu pai. Ivan Ilitch era *le phenix de la famille*[1], como as pessoas diziam. Não era tão frio e formal quanto o irmão mais velho, nem tão selvagem quanto o mais jovem, era um simpático meio-termo entre os dois, um homem inteligente, polido, animado e agradável. Estudou com o irmão mais novo na Faculdade de Direito, mas o último não conseguiu concluir o curso e foi expulso no quinto ano. Ivan Ilitch concluiu o curso com louvor. Mesmo antes de se graduar, já era o que seria pelo resto de sua vida: um capaz e alegre homem sociável de boa índole, embora rigoroso no cumprimento do seu dever, e considerava seu dever tudo aquilo que as autoridades assim denominavam. Desde menino, nunca foi um bajulador, mas desde a juventude era, por natureza, atraído por pessoas de alta posição, assim como uma mosca é atraída pela luz, assimilando seus modos e visões de vida e estabelecendo com elas relações amigáveis. Passou ileso por todos os entusiasmos da infância e juventude, mas sucumbiu à sensualidade, à vaidade e, mais tarde, entre as classes mais altas, ao liberalismo, embora sempre dentro dos limites que seu instinto lhe apontava como corretos.

Na escola, agiu de formas que antes lhe pareciam horríveis e que o fizeram se sentir enojado consigo mesmo. No entanto, quando, mais tarde, percebeu que as mesmas ações eram praticadas por pessoas de boa posição, que não as consideravam erradas, sem ser capaz de considerá-las corretas, conseguiu esquecê-las completamente ou, pelo menos, deixar de se preocupar com essas lembranças.

1 Em francês no original: "O filho pródigo". (N. do R.)

Tendo se formado na Faculdade de Direito e se qualificado para o décimo posto do serviço civil, e tendo recebido dinheiro de seu pai para a compra de seu uniforme, Ivan Ilitch encomendou suas roupas com Scharmer, o alfaiate da moda, pendurou um medalhão com a inscrição *Respice Finem* na corrente de relógio, despediu-se de seu professor e do príncipe que era patrono da escola, teve um jantar de despedida com seus camaradas no restaurante de primeira classe Donon e, com sua nova maleta da moda, roupas de cama, trajes, utensílios de banheiro e tapete de viagem, todos comprados nas melhores lojas, e partiu para uma das províncias onde, através da influência de seu pai, havia sido designado como um funcionário para um serviço especial do governador.

Na província, Ivan Ilitch logo arranjou para si uma posição tão fácil e agradável quanto a que teve na Escola de Direito. Ele cumpria sua tarefa oficial, construía sua carreira e, ao mesmo tempo, se divertia de maneira agradável e decorosa. Ocasionalmente, fazia visitas oficiais aos países distritos, onde se comportava com dignidade tanto com seus superiores como com seus inferiores, e executava os deveres a ele confiados, que se relacionavam principalmente com os sectários, com exatidão e honestidade incorruptíveis, das quais não podia deixar de se orgulhar.

Em assuntos oficiais, apesar de sua juventude e do gosto pela alegria frívola, era extremamente reservado, meticuloso e até severo; mas na sociedade era frequentemente divertido e espirituoso, e sempre bem-humorado, correto em suas maneiras e *bon enfant*[2], como o governador e sua esposa, para quem ele era como um membro da família, costumavam dizer.

2 Em francês no original: "Bom filho". (N. do R.)

Na província, teve um caso com uma senhora que fazia propostas aos elegantes jovens advogados, além de um breve romance com uma modista; aproveitou noitadas com guardas oficiais do czar que visitavam o distrito, visitando, após o jantar, uma certa rua periférica de reputação duvidosa; e lá era muito servil ao seu chefe, e até mesmo à esposa de seu chefe, mas tudo feito com tal tom de boa educação que nenhuma palavra desrespeitosa poderia ser proferida contra ele. Tudo era guiado pelo ditado francês: "*Il faut que jeunesse se passe*[3]", e feito com as mãos limpas, em linho limpo e, sobretudo, entre pessoas da melhor sociedade e, consequentemente, com a aprovação de pessoas de boa posição.

Ivan Ilitch serviu por cinco anos, até que ocorreu uma mudança em sua vida oficial. As novas instituições judiciais reformadas foram introduzidas e novos homens foram necessários. Ivan Ilitch tornou-se um novo homem. Foi-lhe oferecido o cargo de juiz de instrução e ele o aceitou, embora o posto fosse em outra província e o obrigasse a desistir das conexões que havia formado para formar novas. Seus amigos se encontraram para se despedirem, tiraram uma fotografia e o presentearam com uma cigarreira de prata. E assim ele partiu para o seu novo posto.

Como juiz de instrução, Ivan Ilitch era um homem igualmente *comme il faut*[4] e decoroso, inspirando respeito geral e sendo capaz de separar suas funções oficiais de sua vida privada, assim como quando atuava como funcionário em serviço especial. Suas funções, agora como juiz de instrução, eram muito mais interessantes e atraentes do que antes. Em sua posição anterior, sentia prazer em um uniforme feito por Scharmer e em caminhar pela multidão de peticionários

3 Em francês no original: "É preciso viver a juventude". (N. do R.)
4 Em francês no original: "Como deve ser". (N. do R.)

e funcionários que timidamente aguardavam uma audiência com o governador e que o invejavam pela facilidade com que adentrava à sala privada de seu chefe para tomar uma xícara de chá ou fumar um cigarro com ele. No entanto, não havia muitas pessoas que dependiam diretamente dele quando eram enviadas em missões especiais, apenas a polícia, funcionários e sectários, e ele gostava de tratá-los educadamente, quase como camaradas, como se os deixasse sentir que aquele que tinha o poder de esmagá-los os tratava de maneira simples e amigável. Na época, havia poucas pessoas assim.

Mas agora, como juiz de instrução, Ivan Ilitch sentia que todos, sem exceção, mesmo os mais importantes e soberbos, estavam sob seu poder, e que ele só precisava escrever algumas palavras em uma folha de papel com um determinado timbre, e esta ou aquela pessoa importante e soberba seria apresentada a ele no papel de réu ou de testemunha, e se ele não permitisse que se sentasse, teria que responder às suas perguntas de pé. Ivan Ilitch nunca abusou de seu poder; ao contrário, tentou suavizá-lo, mas a consciência da autoridade e a possibilidade de atenuar seu efeito representavam para ele o principal interesse e a sedutora atração de seu novo emprego. No próprio trabalho, especialmente nos processos, logo adquiriu um método de eliminar todas as considerações irrelevantes para o aspecto jurídico do caso e simplificar até mesmo o caso mais complicado, excluindo completamente sua opinião pessoal sobre o assunto, sem deixar de observar cada formalidade prescrita. O trabalho era novo e Ivan Ilitch foi um dos primeiros homens a pôr em prática os dispositivos do novo Código de 1864.

Ao assumir o cargo de juiz de instrução em uma nova cidade, fez novos amigos e conexões, colocando-se em uma nova base e assumindo um certo tom diferente. Adquiriu uma atitude de indiferença digna para com as autoridades provincianas, associou-se ao melhor círculo de cavalheiros jurídicos e ricos que viviam na cidade e passou a apresentar um tom de leve insatisfação com o governo, de liberalismo moderado e de cidadania esclarecida. Ao mesmo tempo, sem alterar a elegância de seus trajes, parou de raspar o queixo e permitiu que sua barba crescesse como bem entendia.

Ivan Ilitch estabeleceu-se de forma muito agradável na nova cidade. A sociedade lá, inclinada à oposição ao governador, era amigável, seu salário era maior, e ele começou a jogar vint[5], que ele considerava aumentar muito o prazer da vida, pois tinha talento para cartas, jogava bem-humorado e calculava rápida e astutamente, de modo que geralmente vencia.

Depois de viver lá por dois anos, conheceu sua futura esposa, Praskovya Fedorovna Mikhel, a garota mais atraente, inteligente e brilhante do círculo frequentado por ele e, entre outras diversões e relaxamentos de seus trabalhos como magistrado examinador, Ivan Ilitch estabeleceu relações leves e lúdicas com ela. No seu tempo como oficial em serviço especial, tinha o hábito de dançar, mas agora, como juiz de instrução, fazê-lo era algo excepcional. Agora, quando dançava, apenas queria provar que, embora estivesse servindo sob a ordem reformada, e tivesse alcançado apenas a quinta classe, quando se tratava de dança, era melhor do que a maioria das pessoas. Então, no final das noites, ele às vezes dançava com Praskovya Fedorovna, e foi durante essas danças que ele a cativou, e ela se apaixonou por ele. Ivan Ilitch não tinha, inicialmente, a intenção de se casar, mas, quando a garota se apaixonou por ele, ele disse a si mesmo: "Realmente, por que eu não deveria me casar?"

5 Jogo de cartas russo, considerado ancestral do bridge. (N. do R.)

Praskovya Fedorovna vinha de uma boa família, não era feia e tinha algumas poucas propriedades. Ivan Ilitch podia ter aspirado um casamento mais brilhante, mas até mesmo esse era bom. Ele tinha o salário dele e ela, ele esperava, teria uma renda igual. Ela era bem conectada e era uma jovem doce, bonita e totalmente correta. Dizer que Ivan Ilitch se casou porque ele apaixonou-se por Praskovya Fedorovna e descobriu que ela simpatizava com sua visão da vida seria tão incorreto quanto dizer que ele se casou porque seu círculo social aprovou o casamento. Ele foi influenciado por ambas as considerações: o casamento deu-lhe satisfação pessoal e, ao mesmo tempo, era considerada a coisa certa pelos mais bem colocados de seus associados. Então Ivan Ilitch se casou.

Os preparativos para o casamento e o início da vida conjugal, com suas conjugais carícias, os novos móveis, novas louças e novas roupas, foram muito agradáveis, até que sua esposa engravidou, o que não fez Ivan Ilitch começar a pensar que o casamento não apenas prejudicava o caráter fácil, agradável, alegre e sempre decoroso de sua vida, aprovado pela sociedade e considerado por si mesmo como natural, como até melhoraria. Mas, desde os primeiros meses de gravidez de sua esposa, algo novo, desagradável, deprimente e impróprio, do que não era possível fugir, inesperadamente apareceu.

Sua esposa, sem qualquer motivo, de *gaiete de coeur*[6], como Ivan Ilitch expressou para si mesmo, começou a perturbar o prazer e a decência de sua vida. Ela passou a ter ciúmes infundados, a esperar que ele dedicasse toda sua atenção a ela, a achar defeitos em tudo e a fazer cenas grosseiras e mal-educadas.

6 Em francês no original: "Com alegria de coração". (N. do R.)

No início, Ivan Ilitch tentou escapar do desagrado desse estado de coisas de uma forma que, até então, costumava funcionar: tentou ignorar o humor desagradável da esposa e continuou a viver em seu jeito fácil e agradável de sempre, convidou amigos para um jogo de cartas em sua casa, saiu para seu clube e passou noites com amigos. Mas, um dia, a esposa começou a repreendê-lo vigorosamente usando palavras grosseiras e a censurá-lo toda vez que ele não cumpria suas demandas, tão decididamente e tão determinada a não ceder até que ele se submetesse, isto é, até que ele ficasse em casa entediado como ela, que ele ficou alarmado. Só então ele percebeu que o matrimônio, pelo menos com Praskovya Fedorovna, nem sempre era propício aos prazeres e amenidades da vida; pelo contrário, muitas vezes infringia o conforto e a decência, e que ele devia, portanto, proteger-se. Então Ivan Ilitch começou a buscar meios de fazê-lo. Seus deveres oficiais eram a única coisa que impunha respeito a Praskovya Fedorovna e, por meio de seu trabalho e dos deveres inerentes a ele, começou a lutar com sua esposa para garantir sua própria independência.

Com o nascimento de seu filho, as tentativas de alimentá-lo e as várias falhas em fazê-lo, e com as doenças reais e imaginárias de mãe e filho, durante as quais a simpatia de Ivan Ilitch foi exigida, ainda que não compreendesse, tudo isso somou para que ele entendesse como era cada vez mais urgente construir um muro que o isolasse da vida em família.

À medida que sua esposa ficava mais irritada e exigente, Ivan Ilitch transferia o centro de gravidade da sua vida cada vez mais para o seu trabalho oficial, e assim ele passou a gostar ainda mais de seu emprego e tornou-se mais ambicioso do que antes.

Em pouco tempo, cerca de um ano depois de seu casamento, Ivan Ilitch percebeu que o matrimônio, embora pudesse adicionar alguns confortos à vida, era de fato um assunto muito complexo e difícil, o que exigiu a adoção de uma atitude definida, assim como seus deveres oficiais.

E Ivan Ilitch adotou essa atitude em relação à vida de casado. Só exigia do ambiente familiar as conveniências fundamentais — jantar em casa, dona de casa e cama — além das formalidades externas exigida pela opinião pública. De resto, ficava muito grato quando encontrava alegria e amabilidade, mas quando recebia o contrário, imediatamente retirava-se para seu mundo separado e cercado de funções oficiais, onde encontrava satisfação.

Ivan Ilitch era considerado um bom funcionário e, após três anos, tornou-se promotor substituto. Suas novas funções, sua importância, a possibilidade de indiciar e prender qualquer pessoa que desejasse, a publicidade que seus discursos receberam e o sucesso que teve em tudo isso fizeram com que seu trabalho se tornasse ainda mais atraente.

Mais crianças vieram. Sua esposa tornou-se cada vez mais queixosa e mal-humorada, mas a atitude que Ivan Ilitch adotou em relação à sua vida familiar tornou-o quase impenetrável por seus resmungos.

Após sete anos de serviço naquela cidade, foi transferido para outra província como Promotor Público. Eles se mudaram, mas estavam com pouco dinheiro e sua esposa não gostou do novo lugar. Embora o salário fosse maior, o custo de vida também aumentou, e a morte de dois dos seus filhos tornou a vida familiar ainda mais desagradável para ele.

Praskovya Fedorovna culpava o marido por todos os inconvenientes que encontravam em sua nova casa. A maioria das conversas entre marido e mulher, especialmente quanto à educação das crianças, conduzia a tópicos que reacendiam disputas anteriores, que poderiam surgir a qualquer momento. Restaram apenas aqueles raros períodos de amorosidade que ainda vinham a eles às vezes, mas não duraram muito. Estas eram as ilhotas nas quais eles se ancoravam por um tempo e, em seguida, partiam novamente para aquele oceano de hostilidade velada causado pela indiferença que sentiam um pelo outro. Esse distanciamento poderia ter entristecido Ivan Ilitch se tivesse considerado que ele deveria não existir, mas ele agora considerava o arranjo ideal, e até mesmo fez dele sua meta de vida familiar. Seu objetivo era se libertar cada vez mais dessas coisas desagradáveis e dar-lhes uma aparência de inocuidade e propriedade. Conseguiu isso gastando menos e menos tempo com sua família e, quando obrigado a ficar em casa, tentava salvaguardar sua posição pela presença de estranhos. O principal, porém, eram seus deveres oficiais. Todo o interesse de sua vida estava agora centrado no mundo oficial, que o absorvia. A consciência de seu poder, sendo capaz de arruinar qualquer um que ele desejasse, sua importância, até mesmo a dignidade externa de sua entrada no tribunal ou das reuniões com seus subordinados, seu sucesso com superiores e inferiores e, acima de tudo, seu manejo magistral de casos, tudo isso lhe deu prazer e preencheu sua vida, junto com bate-papos com seus colegas, jantares e bridge. Desse modo, em geral, a vida de Ivan Ilitch continuou a fluir da mesma forma que ele considerava satisfatória — agradável e adequada.

Assim as coisas continuaram por mais sete anos. Sua filha mais velha já tinha dezesseis anos, outra criança havia morrido, restava ainda um filho, um colegial e objeto de dissensões. Ivan Ilitch queria colocá-lo na Faculdade de Direito, mas, para irritá-lo, Praskovya Fedorovna o matriculou no colégio. A filha fora educada em casa e tinha se saído bem, o menino também não ia mal.

CAPÍTULO III

Dessa maneira continuou a vida de Ivan Ilitch após dezessete anos de casamento. Já era um procurador público de longa data, e havia recusado várias transferências propostas na espera de ofertas mais desejáveis quando uma ocorrência inesperada e desagradável perturbou bastante o curso pacífico de sua vida. Esperava ser nomeado ao cargo de juiz presidente em uma cidade universitária, mas Hoppe, de alguma forma, veio à frente e obteve a nomeação em seu lugar. Ivan Ilitch ficou irritado, repreendeu Hoppe e iniciou uma briga com ele e com seus superiores imediatos — que ficaram ressentidos e continuaram a ignorá-lo quando outras nomeações foram feitas.

Isso ocorreu em 1880, o ano mais difícil da vida de Ivan Ilitch. Foi então que ficou evidente, por um lado, que seu salário era insuficiente para sustentar sua família, e, por outro, que ele havia sido completamente esquecido, o que era para ele a maior e mais cruel injustiça, ainda que aos outros parecesse uma ocorrência bastante comum. Nem mesmo seu pai considerou que era seu dever ajudá-lo. Ivan Ilitch se sentiu abandonado por todos, que consideravam sua posição, com um salário de 3.500 rublos, bastante normal, até mesmo privilegiada. Só ele sabia, tendo consciência das injustiças que lhe foram feitas, das reclamações incessantes de sua esposa e das dívidas que havia contraído, que sua posição estava longe do normal.

A fim de economizar dinheiro naquele verão, conseguiu uma licença e foi com a esposa morar no campo, na casa do irmão.

Lá, sem o trabalho, experimentou o tédio pela primeira vez na vida, e não apenas tédio, mas uma depressão intolerável, que o fez perceber que era impossível continuar vivendo assim e que era preciso tomar medidas drásticas.

Depois de passar uma noite em claro, andando de um lado para o outro na varanda, decidiu ir para Petersburgo, a fim de movimentar para punir aqueles que falharam em reconhecer seu valor e conseguir uma transferência para outro ministério.

No dia seguinte, apesar de muitos protestos de sua esposa e de seu irmão, ele partiu para Petersburgo com o único objetivo de obter um cargo com um salário de cinco mil rublos por ano. Não estava mais inclinado a um determinado departamento, tendência ou tipo de atividade. Tudo o que queria agora era uma nomeação para um cargo com o salário de cinco mil rublos, fosse na administração, nos bancos, com as ferrovias, em uma das instituições da Imperatriz Marya, ou mesmo na alfândega, mas tinha que levar consigo um salário de cinco mil rublos e estar em um ministério diferente daquele em que falharam em reconhecer seu valor.

E essa busca de Ivan Ilitch foi coroada com um sucesso notável e inesperado. Em Kursk, um conhecido seu, F. I. Ilyin, entrou na carruagem da primeira classe e sentou-se ao lado de Ivan Ilitch, e contou-lhe sobre um telegrama recém-recebido pelo governador de Kursk anunciando que uma mudança estava prestes a acontecer no ministério: Piotr Ivanovich seria substituído por Ivan Semonovich.

A mudança proposta, além de seu significado para a Rússia, teve um significado especial para Ivan Ilitch, porque a chegada de um novo homem, sendo esse homem Piotr Petrovich, representava a ascensão de seu amigo Zachar Ivanovich, que poderia beneficiá-lo imensamente.

Em Moscou a notícia foi confirmada, e, ao chegar a Petersburgo, Ivan Ilitch encontrou Zachar Ivanovich e recebeu a promessa definitiva de uma nomeação em seu antigo Departamento de Justiça. Uma semana depois, ele telegrafou para a esposa: "Zachar no lugar de Miller. Vou ser nomeado na apresentação do relatório."

Graças a essa mudança de pessoal, Ivan Ilitch obteve, inesperadamente, em seu antigo ministério, um cargo que o colocou duas posições acima de seus ex-colegas, além de dar-lhe um salário de cinco mil rublos e mais três mil e quinhentos rublos para despesas relacionadas com a mudança. Todo o seu mau humor para com seus antigos inimigos e todo o departamento desapareceu, e Ivan Ilitch ficou plenamente feliz.

Voltou ao campo mais alegre e contente, como há muito não havia estado. Praskovya Fedorovna também animou-se, e uma trégua foi combinada entre eles. Ivan Ilitch contou sobre como foi homenageado por todos em Petersburgo, como todos aqueles que eram seus inimigos ficaram envergonhados e agora o bajulavam, como sentiam inveja de sua nomeação e como todos em Petersburgo gostavam dele.

Praskovya Fedorovna ouviu tudo isso e pareceu acreditar. Ela não contradisse nada, apenas fez planos para sua vida na cidade para onde se mudariam. Ivan Ilitch observou com prazer que os planos dela eram os mesmos que os seus, que ele e a esposa concordaram e que, depois de um tropeço, sua vida estava recuperando o caráter natural e devido de despreocupação e decoro agradáveis.

Ivan Ilitch voltou para passar um curto período de tempo, pois teve que assumir suas novas funções em 10 de setembro. Além disso, precisava de tempo para se estabelecer no novo lugar, para levar todos os seus pertences da província e para comprar e encomendar muitas outras coisas, em resumo, estruturar a vida conforme seus planos, que eram quase exatamente iguais aos de Praskovya Fedorovna.

Agora que tudo havia acontecido tão bem, e que ele e a esposa estavam de acordo em seus objetivos, os dois se davam melhor do que nunca, melhor até do que nos primeiros anos de casamento. Ivan Ilitch considerou levar sua família com ele de uma vez, mas a insistência do cunhado e da cunhada, que, de repente, se tornaram particularmente amáveis e amigáveis com ele e sua família, induziu-o a partir sozinho.

Então ele partiu, e o alegre estado de espírito causado por seu sucesso e pela harmonia entre ele e sua esposa partiu com ele. Encontrou uma casa encantadora, exatamente o que ele e a esposa haviam sonhado. Recepção espaçosa e elevada, quartos no estilo antigo, um escritório conveniente e digno, quartos para sua esposa e filha, um escritório para seu filho, parecia ter sido construída especialmente para eles. O próprio Ivan Ilitch supervisionou os arranjos, escolheu os papéis de parede, selecionou os móveis, de preferência antigos, que ele considerava *comme il faut*, e fiscalizou a instalação do estofamento. Tudo ia se aproximando do padrão que havia idealizado. Mesmo quando as coisas estavam apenas metade concluídas, suas expectativas já haviam sido superadas. Previu o caráter refinado e elegante, livre de vulgaridade, que a casa teria quando estivesse pronta.

Ao adormecer, imaginava para si mesmo como seria a sala de recepção. Olhando para o cômodo ainda inacabado, podia ver a lareira, a tela, as cadeirinhas espalhadas aqui e ali, os pratos e quadros pendurados nas paredes e os bronzes, como ficaria quando tudo estivesse no lugar. Estava satisfeito com a ideia de como a esposa e a filha, que compartilhavam seu gosto por decoração, ficariam impressionadas com aquilo. Elas certamente não esperavam tanto. Ele tinha sido particularmente bem-sucedido em encontrar, e comprar barato, antiguidades que deram um caráter especialmente aristocrático ao ambiente. No entanto, em suas cartas, ele intencionalmente subestimava, tudo a fim de ser capaz de surpreendê-las. Tudo isso o absorveu tanto que suas novas funções, embora gostasse de seu trabalho oficial, interessaram-lhe menos do que ele esperava. Às vezes, até tinha momentos de distração durante as sessões do tribunal, e considerava se deveria comprar cornijas retas ou curvas para suas cortinas. Estava tão entretido com tudo que costumava fazer as coisas sozinho, reorganizando os móveis ou reformando as cortinas. Uma vez, ao subir em uma escada para orientar o estofador, que não entendeu como ele queria as cortinas drapeadas, deu um passo em falso e escorregou, mas, sendo um homem forte e ágil, conseguiu se agarrar e apenas bateu o lado do corpo contra a maçaneta da moldura da janela. O local machucado doía, mas a dor logo passou, e ele se sentiu particularmente brilhante e bem naquele momento. Escreveu: “Sinto-me quinze anos mais jovem”. Acreditava que teria tudo pronto em setembro, mas a reforma se arrastou até meados de outubro. O resultado foi charmoso não apenas para seus olhos, mas para todos que o viam.

Na verdade, era apenas o que se costuma ver nas casas de pessoas de posses moderadas que querem parecer ricas e, portanto, só conseguem se parecer com outros como eles: existem damascos, madeira escura, plantas, tapetes e bronzes opacos e polidos — todas as coisas que as pessoas de uma determinada classe têm, a fim de se parecer com outras pessoas dessa classe. Sua casa era tão parecida com as outras que nunca teria sido notada, mas para ele tudo parecia ser bastante excepcional. Ele estava muito feliz quando encontrou sua família na estação e os trouxe para a casa recém-mobiliada, toda iluminada, onde um lacaio de gravata branca abriu a porta do corredor decorado com plantas e, quando eles entraram na sala de estar e no escritório soltando exclamações de deleite, ficou ainda mais contente. Conduziu-os para todos os lugares, saboreou seus elogios avidamente e sorriu com prazer. No chá da noite, quando Praskovya Fedorovna, entre outras coisas, perguntou-lhe sobre sua queda, ele riu e demonstrou para eles como ele tinha saído voando e assustado o estofador.

— Ainda bem que sou um pouco atleta. Outro homem poderia ter morrido, mas eu meramente me bati, bem aqui; dói quando eu toco, mas já está passando, é apenas um hematoma.

Então, eles começaram a viver em sua nova casa, e quando já estavam completamente acomodados, descobriram que estavam separados apenas por um quarto. E mesmo com o aumento da renda, como também sempre acontece, acreditavam que faltavam ainda uns quinhentos rublos; mas tudo bem.

As coisas correram particularmente bem no início, antes de tudo ser finalmente arranjado e enquanto algo ainda precisava ser feito: comprar uma coisa, organizar outra, mover um móvel, ajustar outro. Embora houvesse algumas disputas entre marido e mulher, foi quando nada mais havia para organizar que apareceram o tédio e a sensação de que algo estava faltando. Contudo, eles estavam então fazendo amizades, construindo hábitos, e a vida estava se tornando mais plena.

Ivan Ilitch passava as manhãs no tribunal e almoçava em casa. No início, conservava, geralmente, um bom humor, embora ocasionalmente ficasse irritado, sempre por causa de algum assunto da casa. Cada mancha em toalhas de mesa ou estofamento e cada corda quebrada de veneziana o irritavam. Ele dedicou tanto trabalho para organizar tudo que cada perturbação o angustiava. Mas, no geral, sua vida seguiu o curso que ele acreditava ser o natural: fácil, agradável e decoroso.

Levantava-se às nove, bebia seu café, lia o jornal e, em seguida, vestia o uniforme e ia aos tribunais. Lá, os encargos do trabalho o esperavam, e ele os exercia com prazer: peticionários, inquéritos na chancelaria, a própria chancelaria e as sessões públicas e administrativas. Em tudo isso, a questão era excluir tudo o que perturbava o curso normal dos negócios oficiais, e admitir apenas relações com bases oficiais. Se um homem viria, por exemplo, querendo alguma informação, Ivan Ilitch não teria nada a tratar com ele. Mas se o homem desejasse discutir algum negócio oficial, algo que pudesse ser expresso em papel selado oficialmente, ele faria tudo, absolutamente tudo o que pudesse dentro dos limites de tais relações e, ao fazê-lo, manteria a aparência de relações humanas amigáveis, isto é, cumpriria as cortesias da vida. Tão logo, com o fim das relações oficiais, todo o resto também terminou. Ivan Ilitch possuía essa capacidade de separar sua vida real do lado oficial dos negócios e não misturar os dois. No mais alto grau, e por longa prática e aptidão natural, atingia tal perfeição que, às vezes, ele até se permitia deixar as relações humanas e oficiais se misturarem.

Permitia-se esse luxo apenas porque sentia que poderia, a qualquer momento, retomar estritamente a atitude oficial e abandonar a relação humana. E fazia tudo de forma fácil, agradável, correta e até mesmo artística. Nos intervalos entre as sessões, fumava, bebia chá, conversava um pouco sobre política, um pouco sobre temas gerais, um pouco sobre cartas, mas, acima de tudo, sobre compromissos oficiais. Cansado, mas com os sentimentos de um virtuoso, voltava para casa para descobrir que sua esposa e filha haviam saído para fazer visitas ou recebiam alguém, e que seu filho tinha ido à escola, e tinha feito a lição de casa com seu tutor e com certeza estava aprendendo o que é ensinado no Ensino Médio. Tudo ocorria como deveria ser. Depois do jantar, se não tivessem visitantes, Ivan Ilitch às vezes lia um livro que estava sendo muito discutido na época, e, à noite, começava a trabalhar, ou seja, ler documentos oficiais, comparando os depoimentos de testemunhas e anotando parágrafos do Código que poderiam ser aplicados no caso. A tarefa não era enfadonha nem divertida. Era maçante quando perdia a oportunidade de jogar bridge, mas se não houvesse bridge, era melhor do que não fazer nada ou sentar com sua esposa. O principal prazer de Ivan Ilitch era oferecer pequenos jantares para os quais convidava homens e mulheres de boa posição social e, assim como sua sala se assemelhava a todas as outras salas de estar, suas pequenas festas se assemelham a todas as outras festas.

Uma vez, até deram uma recepção. Ivan Ilitch ficou satisfeito e tudo correu bem, exceto a violenta discussão que teve com a esposa sobre os bolos e doces que serviriam. Praskovya Fedorovna fez seus próprios planos, mas Ivan Ilitch insistiu em encomendar tudo de um caro confeiteiro e pediu muitos bolos, e a briga ocorreu porque alguns daqueles bolos sobraram e a conta do confeiteiro chegou a quarenta e cinco rublos. Foi uma desagradável e comprida discussão. Praskovya Fedorovna o chamou de "tolo e imbecil", e ele levou as mãos à cabeça e fez alusões raivosas ao divórcio.

Mas a recepção em si foi agradável. As melhores pessoas estavam lá, e Ivan Ilitch dançou com a princesa Trufonova, irmã do ilustre fundador da Sociedade beneficente "Remova meu sofrimento."

Os prazeres relacionados ao seu trabalho eram prazeres de ambição; seus prazeres sociais eram os da vaidade; mas o maior prazer de Ivan Ilitch era jogar bridge. Reconhecia que, ainda que qualquer incidente desagradável acontecesse em sua vida, o prazer que irradiava como um raio de luz era sentar-se para jogar bridge com bons jogadores, não parceiros barulhentos, e, claro, para jogar bridge de quatro mãos (com cinco jogadores era difícil se destacar, embora fingisse não se importar), para jogar um jogo inteligente e sério (quando as cartas permitiam) e depois jantar e beber uma taça de vinho. Depois de um jogo de bridge, especialmente se ele tivesse vencido algumas vezes (ganhar vezes demais era desagradável), Ivan Ilitch ia para a cama com um humor especialmente bom.

E assim levavam a vida. Formaram um círculo de amizades muito selecionado e recebiam a visita de pessoas importantes e de jovens. Em suas opiniões sobre seus conhecidos, marido, esposa e filha estavam inteiramente de acordo, e depressa se livraram dos amigos miseráveis e parentes pobres que, com muitas demonstrações de afeto, apareciam na casa pedindo ajuda. Logo esses amigos maltrapilhos deixaram de se intrometer e apenas as melhores pessoas permaneceram no grupo dos Golovin.

Os rapazes cogitavam Liza e Petrishchev, juiz de instrução e filho único de Dmitri Ivanovich Petrishchev, passou a ser tão atencioso com ela que Ivan Ilitch já alertava Praskovya Fedorovna sobre a necessidade de organizarem uma festa ou um espetáculo teatral para que os dois pudessem ficar juntos.

Assim eles levavam a vida: tudo corria bem, sem mudanças, agradavelmente.

CAPÍTULO IV

Todos estavam com boa saúde. Não poderia ser chamado de doença o gosto estranho que Ivan Ilitch às vezes relatava que sentia na boca, ou seu desconforto no lado esquerdo do ventre.

No entanto, esse desconforto aumentou e, embora não fosse exatamente doloroso, surgiu uma sensação de pressão no local que vinha acompanhada de muito mau humor. E sua irritabilidade ficou pior, e começou a estragar a vida agradável, fácil e correta que havia se estabelecido na família Golovin. As brigas entre marido e mulher tornaram-se cada vez mais frequentes, e logo a facilidade e a amenidade desapareceram, somente o decoro foi mantido. As cenas tornaram-se novamente frequentes, e pouquíssimas das ilhotas em que marido e mulher conseguiam se encontrar sem explosões sobreviveram. Praskovya Fedorovna agora tinha bons motivos para dizer que o temperamento de seu marido era difícil. Com um exagero característico, afirmava que ele sempre teve um temperamento terrível, e que precisou de toda a sua boa índole para aguentá-lo durante vinte anos. Era verdade que agora as brigas eram iniciadas por ele. Suas explosões de temperamento sempre vinham um pouco antes do jantar, muitas vezes quando ele começava a tomar sua sopa. Às vezes, ele percebia que um prato ou copo estavam lascados, ou que a comida não estava certa, ou que o filho colocou o cotovelo na mesa, ou que o cabelo da filha não estava penteado como ele gostava, e por tudo isso ele culpava Praskovya Fedorovna. No começo, ela respondia e retrucava com coisas desagradáveis, porém, uma ou duas vezes ele ficou com tanta raiva no início do jantar, o que ela percebeu ter sido ocasionado por alguma perturbação digestiva, que ela se conteve e parou de responder, apenas passou a adiantar o jantar. Ela considerou esta autocontenção como altamente louvável. Tendo chegado à conclusão de que seu marido tinha um temperamento terrível, que tornou sua vida miserável, começou a sentir pena de si mesma e, quanto mais pena sentia, mais odiava o marido. Começou então a desejar que ele morresse; contudo, lembrou-se de que se ele morresse, seu salário cessaria. E isso fez com que ela o odiasse ainda mais. E assim se considerou terrivelmente infeliz, pois nem mesmo a morte dele poderia salvá-la e, embora escondesse sua exasperação, aquele desespero oculto somente aumentava a irritação do marido.

Depois de uma cena em que Ivan Ilitch foi particularmente injusto, pela qual ele se justificou dizendo que certamente estava irritado, mas que era devido ao seu mal-estar, ela declarou que, se ele estava doente, deveria procurar um médico, e insistiu que fosse um médico conceituado.

Então ele foi. Tudo aconteceu como ele esperava e como sempre acontece. Havia a espera habitual e o ar de superioridade adotado pelo médico, com o qual ele estava muito familiarizado, pois era semelhante ao que ele próprio adotava no tribunal, e o som e a escuta, e as perguntas que exigiam respostas que eram conclusões precipitadas e evidentemente desnecessárias, e o olhar de importância que implicava que "se você deixar sua vida em nossas mãos, vamos cuidar de tudo, sabemos indubitavelmente como devemos proceder, sempre da mesma forma com todos." Era tudo exatamente como nos tribunais. O médico apenas assumiu em relação a ele o mesmo ar com que ele próprio trata uma pessoa acusada.

O médico dizia que tal e tal coisa indicava que ele tinha tal e tal coisa, mas se o exame não confirmasse que ele tinha tal e tal coisa, então deveriam considerar a hipótese de ele ter tal e tal coisa. E considerando que tinha tal e tal coisa, então... E assim por diante. Para Ivan Ilitch, apenas uma questão era importante: era o seu caso sério ou não? Mas o médico ignorou essa pergunta inadequada. Do seu ponto de vista, não era esse o ponto, a verdadeira questão era decidir entre um rim flutuante, uma bronquite crônica ou apendicite. Facultativamente, como pareceu a Ivan Ilitch, o médico resolveu a favor do apêndice, com a ressalva de que precisaria de um exame de urina para concluir ou reconsiderar o diagnóstico. Tudo isso Ivan Ilitch já havia feito de forma brilhante mil vezes ao lidar com homens em julgamento. Com o mesmo brilhantismo, o médico chegou ao seu veredito encarando o acusado triunfantemente.

Pelo resumo do médico, Ivan Ilitch concluiu que as coisas estavam ruins, mas que, para o médico, e talvez para todos os outros, era uma questão de indiferença. E esta conclusão o atingiu dolorosamente, despertando nele um grande sentimento de pena de si mesmo e de amargura para com a indiferença do médico em relação a um assunto de tamanha importância.

Não disse nada sobre o assunto, levantou-se, colocou os honorários do médico sobre a mesa e comentou com um suspiro:

— Nós, pessoas doentes, provavelmente fazemos perguntas inadequadas. Mas arrisco a pergunta: no geral, minha doença é grave ou não?...

O médico olhou para ele por cima dos óculos com um olhar severo, como se dissesse: "Prisioneiro, se você não se limitar às perguntas que lhe forem feitas, serei obrigado a retirá-lo do Tribunal."

— Já disse o que considero necessário e adequado. O exame pode mostrar algo mais — e o médico fez uma reverência.

Ivan Ilitch saiu devagar, sentou-se desolado em seu carro e foi para sua residência. Durante todo o caminho para casa, repassou em sua cabeça o que o médico havia dito, tentando traduzir aquelas frases complicadas, obscuras e científicas para uma linguagem simples, e assim encontrar nelas uma resposta para a pergunta: "Minha condição é grave? É muito grave? Ou irei ficar bem?". Sentia que o discurso do médico ocultava a seriedade de sua condição. Tudo nas ruas lhe pareceu deprimente. Os taxistas, as casas, os transeuntes e as lojas eram sombrias. Sua dor, essa dor maçante que o consumia inteiramente, parecia ter adquirido um significado novo e mais sério após as observações duvidosas do médico. Ivan Ilitch agora a sentia com um sentimento novo e torturante.

Assim que chegou em casa, começou a contar à esposa sobre a consulta. Ela ouvia, mas, no meio da história, sua filha entrou, de chapéu, pronta para sair com a mãe. Relutantemente se sentou para ouvir a tediosa história, mas não aguentou muito, e sua mãe também não ouviu até o fim.

— Bem, estou muito contente — disse ela. — Agora, tome o seu remédio regularmente. Me dê a receita e vou mandar Gerasim para a farmácia — e foi se preparar para sair.

Enquanto ela estava na sala, Ivan Ilitch mal teve tempo para respirar, então suspirou profundamente quando ela o deixou. "Bem", pensou ele, "talvez não seja tão ruim assim".

Começou a tomar os remédios e a seguir severamente as orientações do médico, que haviam mudado após o exame de urina. Entretanto, em certo momento, apareceu uma contradição entre os prognósticos do médico e os sintomas que ele apresentou. Descobriu-se que o que ele tinha era diferente do que o médico havia diagnosticado, e que o médico havia se esquecido de algo ou se confundido, ou escondido algo de Ivan Ilitch, mas não podia, no entanto, ser culpado por isso. E Ivan Ilitch continuou obedecendo cegamente suas ordens e, a princípio, encontrou algum conforto ao fazer isso.

Desde a visita ao médico, a principal ocupação de Ivan Ilitch era exatamente o cumprimento das orientações médicas quanto à higiene e à tomada de medicamentos, e a observação de sua dor e de suas excreções. Seu principal interesse passou a ser as doenças e a saúde das pessoas. Quando doenças, mortes ou recuperações eram mencionadas em sua presença, especialmente quando a doença se assemelhava à sua, ouvia com uma agitação que tentava esconder, fazia diversas perguntas e aplicava o que ouviu ao seu próprio caso.

A dor não diminuiu, mas Ivan Ilitch se esforçou para acreditar que estava melhor, o que fazia, desde que nada o agitasse. Porém, no instante em que tinha algum aborrecimento com a esposa, qualquer falta de sucesso em seu trabalho oficial ou cartas ruins no bridge, imediatamente se lembrava de sua doença. Anteriormente, suportava tais infortúnios acreditando ser capaz de ajustar o que estava errado, contornar obstáculos, ou fazer um *grand slam.* Mas agora, cada infortúnio o aborrecia e o mergulhava no desespero. Ele dizia para si mesmo: "Logo agora, que eu estava começando a melhorar e o remédio começando a fazer efeito, vem esta desgraça maldita, esse desagrado... " E ficava furioso com o acidente ou com as pessoas que estavam causando o desagrado e o matando, pois sentia que essa fúria o estava matando, mas não era capaz de contê-la. Parecia estar ciente de que essa exasperação com as circunstâncias e as pessoas agravava sua doença, e que deveria, portanto, ignorar ocorrências desagradáveis. No entanto, ele tirou a conclusão exatamente oposta: dizia que precisava de paz, observava com atenção tudo que pudesse perturbá-lo e ficava irritado com a menor adversidade. Sua condição foi agravada pela quantidade de livros médicos que leu e especialistas que consultou. O progresso de sua doença foi tão gradual que ele pôde enganar-se ao comparar um dia com o outro, a diferença era mínima. Mas quando consultava os médicos, tinha a impressão de que estava piorando, e muito rapidamente. Apesar disso, consultava-os continuamente.

Naquele mês, foi consultar outro especialista, que lhe disse quase o mesmo que o primeiro havia dito, mas elaborou suas perguntas de forma bastante diferente. E a consulta apenas aumentou as dúvidas e os medos de Ivan Ilitch. Um amigo de um amigo seu, um médico muito renomado, diagnosticou sua doença novamente, de forma bem diferente dos outros, e, embora ele previsse recuperação, suas perguntas e suposições confundiram Ivan Ilitch ainda mais. Um homeopata diagnosticou outra doença e prescreveu um medicamento que Ivan Ilitch tomou secretamente por uma semana. Mas depois de sete dias, não sentindo nenhuma melhora e tendo perdido a confiança tanto no tratamento do antigo médico quanto neste, tornou-se ainda mais desanimado. Um dia, uma senhora conhecida mencionou uma cura realizada por um ícone milagroso. Ivan Ilitch se pegou ouvindo com atenção e começando a acreditar que o milagre havia acontecido. Esse incidente o alarmou. "Minha mente realmente enfraqueceu a tal ponto?", ele se perguntou. "Absurdo! É tudo besteira. Não devo ceder a superstições — escolhi um médico e devo seguir estritamente o seu tratamento. É isso que vou fazer. Agora está tudo resolvido. Não vou pensar nisso, seguirei o tratamento seriamente até o verão, e então verei. A partir de agora, não serei mais vacilante!" Tudo isso era fácil de dizer, mas impossível de realizar. A dor do lado o incomodava e parecia ficar pior e mais incessante, enquanto o gosto em sua boca tornou-se cada vez mais estranho. Pareceu-lhe que seu hálito adquirira um cheiro nojento, e ele estava consciente de sua crescente perda de apetite e forças. Não havia como se enganar: algo terrível, novo e mais importante do que qualquer coisa que já acontecera em sua vida estava evoluindo dentro dele, e só ele estava ciente. Aqueles ao seu redor não entendiam ou não queriam entender, agindo como se tudo no mundo estivesse acontecendo normalmente. Esse pensamento atormentou Ivan Ilitch mais do que tudo. Percebia que sua família, especialmente a esposa e a filha, que passavam por um turbilhão na vida social, não entendiam nada e ficavam aborrecidas por ele estar tão deprimido e tão exigente, como se ele fosse o culpado por tudo. Embora tentassem disfarçar, ele notou que era um obstáculo em seus caminhos, e que sua esposa havia adotado uma postura proposital em relação à sua doença, que mantinha independentemente de qualquer coisa que ele dissesse ou fizesse. A postura era esta:

— Vocês sabem — ela dizia para seus amigos — Ivan Ilitch não pode, como as outras pessoas, manter o tratamento prescrito para ele. Se em um dia toma o remédio, segue estritamente a dieta e vai para a cama na hora certa, no dia seguinte, a menos que eu o lembre, ele se esquece do remédio, come esturjão, que é proibido, e fica sentado jogando cartas até uma hora da manhã.

— Oh, vamos, quando foi isso? — Ivan Ilitch rebatia irritado. — Apenas uma vez na casa de Piotr Ivanovich.

— E ontem, na casa de Shebek.

— Bem, mesmo se eu tivesse ido para cama, essa dor teria me mantido acordado.

— Seja como for, você nunca ficará bom assim, e sempre nos deixará preocupados.

A postura de Praskovya Fedorovna em relação à doença de Ivan Ilitch, como ela expressou para outros e para ele, era considerada ser sua própria culpa e mais um dos aborrecimentos que ele lhe causava. Ivan Ilitch sentiu que essa opinião escapou da esposa involuntariamente — mas isso não tornou as coisas mais fáceis para ele.

Também nos tribunais, Ivan Ilitch notou, ou pensou ter notado, uma atitude estranha em relação a si mesmo. Às vezes parecia-lhe que as pessoas o observavam curiosamente, como um homem cujo cargo logo poderia ficar vago. Então, novamente, seus amigos de repente começaram a zombar dele de uma forma amigável sobre seu baixo astral, como se a coisa horrível, horrível e inédita, que estava evoluindo dentro dele, incessantemente roendo-o e atraindo-o irreversivelmente para longe, era um assunto muito agradável para brincadeiras. Schwartz, em particular, o irritou com sua jocosidade, vivacidade, e *savoir-faire*[7], que o lembrava de como ele próprio havia sido dez anos atrás.

Os amigos apareceram para jogar cartas. Sentaram-se, distribuíram as cartas, ele classificou os ouros em sua mão e descobriu que tinha sete. Seu parceiro disse "Sem trunfos" e o apoiou com dois ouros. O que mais se poderia desejar?

O ocorrido deveria tê-lo deixado alegre e animado. Estavam prestes a fazer um *grand slam*. Mas, de repente, Ivan Ilitch tomou consciência daquela dor cortante, daquele gosto em sua boca, e parecia ridículo que em tais circunstâncias tivesse o prazer de fazer um *grand slam*.

Ele olhou para seu parceiro Mikhail Mikhaylovich, que bateu na mesa com sua forte mão e, em vez de jogar as cartas na mesa, empurrou-as com cortesia e indulgência para que Ivan Ilitch tivesse o prazer de recolhê-las sem o incômodo de esticar os braços. "Ele acha que estou fraco demais para esticar o braço?", pensou Ivan Ilitch, e, esquecendo-se do que estava fazendo, descartou um de seus trunfos, perdendo o *grand slam* por três pontos. E o mais terrível de tudo foi que ele viu o quão chateado Mikhail Mikhaylovich ficou com a situação, mas não se importou. E era terrível pensar no porquê de não se importar.

Todos viram que ele estava sofrendo e disseram: "Podemos parar se você estiver cansado. Descanse." Deitar-se? Não, ele não estava nem um pouco cansado, e terminou a partida. Todos estavam sombrios e silen-

7 Habilidade de obter êxito graças a um comportamento maleável; tato. (N. do R.)

ciosos. Ivan Ilitch sentiu que havia difundido essa melancolia sobre eles, mas não conseguia dissipá-la. Cearam e todos foram embora, deixando Ivan Ilitch sozinho com a consciência de que sua vida estava envenenada e envenenando a vida de outras pessoas, e que esse veneno não iria acabar, mas penetrava cada vez mais profundamente em todo o seu ser.

Com esta consciência e com dor física, além do medo, ele precisava ir para a cama, muitas vezes para ficar acordado a maior parte da noite. Na manhã seguinte, precisava se levantar novamente, vestir-se, ir para o tribunal, falar e escrever, ou passar em casa as vinte e quatro horas do dia que eram todas uma tortura. E tinha que viver assim, sozinho, à beira de um abismo, sem ninguém que o entendesse ou sentisse pena dele.

CAPÍTULO V

Então, um mês se passou, e depois outro. Pouco antes do Ano-Novo, seu cunhado veio para a cidade e ficou em sua casa. Ivan Ilitch estava no tribunal e Praskovya Fedorovna tinha ido às compras. Quando Ivan Ilitch voltou para casa e entrou em seu escritório, encontrou seu cunhado ali — um homem saudável e corado — desfazendo ele mesmo sua mala. Levantou a cabeça ao ouvir os passos de Ivan Ilitch e ergueu os olhos para ele por um momento, sem dizer uma palavra. Aquele olhar disse tudo. Seu cunhado abriu a boca para soltar uma exclamação de surpresa, mas conteve-se, e essa ação foi o suficiente.

— Estou diferente, certo?

— Sim, há uma mudança.

E, depois disso, por mais que tentasse fazer o cunhado voltar ao assunto, este último continuava a manter o silêncio. Praskovya Fedorovna voltou para casa e seu irmão foi conversar com ela. Ivan Ilitch trancou a porta e começou a se examinar no espelho, primeiro de frente, depois de perfil. Pegou um retrato de si mesmo, tirado com sua esposa, e comparou os braços até o cotovelo, encarou-os, abaixou as mangas novamente, sentou-se em uma poltrona e ficou mais sombrio do que a noite.

“Não, não, não é possível”, disse a si mesmo, e, em um pulo, foi até a mesa, pegou alguns papéis oficiais e começou a lê-los, mas não conseguiu continuar. Destrancou a porta e foi para a sala de recepção. A porta que dava até a sala estava fechada. Nas pontas dos pés, aproximou-se e pôs-se a escutar.

— Não, você está exagerando! — Praskovya Fedorovna estava dizendo.

— Exagerando! Você não vê? Ora, ele é um homem morto! Olhe para os olhos dele — não há vida neles. Mas o que há de errado com ele?

— Ninguém sabe. Nikolaevich (um dos médicos) disse alguma coisa, mas eu não compreendi. E Seshchetitsky (um famoso especialista), disse exatamente o contrário...

Ivan Ilitch se afastou, foi para seu quarto, deitou-se e começou a meditar; “Um rim, um rim flutuante. ” Ele se lembrou de tudo que os médicos haviam lhe contado sobre o deslocamento dos rins. E, com um esforço de imaginação, tentou pegar aquele rim, prendê-lo e fixá-lo. Tão pouco era necessário para isso, parecia a ele. “Não, eu irei ver Piotr Ivanovich novamente.” — Era o amigo cujo amigo era médico. — Chamou o lacaio, mandou preparar a carruagem e se preparou para sair.

— Aonde você está indo, Ivan? — perguntou a esposa com um olhar especialmente triste e excepcionalmente gentil.

Este olhar excepcionalmente gentil o irritou. Ele olhou taciturno para ela.

— Preciso ver Piotr Ivanovich.

Então se encontrou com Piotr Ivanovich e juntos foram ver seu amigo, o médico, com quem Ivan Ilitch teve uma longa conversa.

Revendo os detalhes anatômicos e fisiológicos do que, na opinião do médico, estava acontecendo dentro dele, Ivan Ilitch entendeu tudo. Havia algo, uma coisa pequena, no apêndice vermiforme. Poderia ser tratado. Batava estimular a energia de um órgão e diminuir a atividade de outro, então a absorção aconteceria e tudo daria certo. Chegou em casa para o jantar bastante tarde, jantou e conversou alegremente, e demorou a decidir se deveria ou não voltar a trabalhar em sua sala. Por fim, porém, foi para o escritório e fez o que era necessário, mas a consciência de que havia deixado algo de lado — um assunto importante e íntimo ao qual voltaria quando seu trabalho estivesse feito — nunca o deixou. Quando terminou a tarefa, lembrou-se de que este assunto íntimo era o pensamento de seu apêndice vermiforme. Mas não se entregou a ele, e foi para a sala tomar chá. Lá, havia convidados, incluindo o exímio magistrado que era um par desejável para sua filha, e todos conversavam e jogavam ao som do piano e de contos. Ivan Ilitch, como Praskovya Fedorovna observou, passou aquela noite mais alegremente do que de costume, mas ele não se esqueceu nem por um momento que havia adiado a importante questão do apêndice. Às onze horas, ele disse boa noite e foi para o seu quarto. Desde que ficara doente, dormia sozinho em um pequeno quarto ao lado de seu escritório. Despiu-se e pegou um romance de Zola, mas, em vez de lê-lo, caiu no pensamento e, em sua imaginação, desejava que o apêndice vermiforme melhorasse. Em sua cabeça, acontecia a absorção, evacuação e o restabelecimento da atividade normal. "Sim, é isso!", ele falou pra si próprio. "Mas é necessário ajudar a natureza." Lembrou-se do remédio, levantou-se, tomou-o e deitou-se de costas observando a ação benéfica do medicamento ao diminuir a dor. "Eu só preciso tomá-lo regularmente e evitar todas as influências prejudiciais. Já estou me sentindo melhor, muito melhor." Começou a tocar seu lado: não doía ao toque. "Pronto, eu realmente não sinto isso. Já está muito melhor." Apagou a luz e se virou de lado... "O apêndice está melhorando, a absorção está ocorrendo." De repente, ele sentiu a velha, familiar, maçante, dolorosa, teimosa e séria dor. Havia o mesmo gosto repulsivo e familiar em sua boca. Seu coração afundou e ele sentiu-se atordoado. "Meu Deus! Meu Deus!", murmurou. "De novo, de novo! Isso nunca vai parar." E, de repente, o assunto se apresentava sob um aspecto bem diferente. "Apêndice vermiforme! Rim!", disse para si mesmo. "Não é uma questão de apêndice ou rim, mas de vida e… morte. Sim, a vida estava lá e agora está indo, indo e eu não posso pará-la. Por que me enganar? Não é óbvio para todos, menos para mim, que estou morrendo e que é apenas uma questão de semanas, dias... pode acontecer neste momento. Havia luz e agora há escuridão. Eu estava aqui e agora estou indo para lá! Lá onde?" Um calafrio se apoderou dele, sua respiração parou e ele sentiu apenas a pulsação do coração.

"Quando eu não estiver aqui, o que haverá? Não haverá nada. Então, onde estarei quando eu não for mais nada? Será de fato a morte? Não, não quero morrer!" Saltou da cama e tentou acender a vela, tateou a mesa com as mãos trêmulas, deixou cair no chão a vela e o castiçal e voltou a se deitar no travesseiro. "Para quê? Não faz diferença", disse para si mesmo, encarando com os olhos bem abertos a escuridão. "Morte. Sim, morte. E nenhum deles sabe ou deseja saber, e nem têm pena de mim. Estão se divertindo." (Ouviu através da porta o som distante de uma música e seu acompanhamento.) "Para eles não faz diferença, mas também morrerão! Tolos! Eu primeiro, e eles mais tarde, mas acontecerá o mesmo com eles. E agora estão felizes... animais!" A raiva o sufocou e o deixou agonizantemente, insuportavelmente miserável. "Não é possível que todos os homens estejam condenados a sofrer este medo terrível! " Levantou-se. "Algo deve estar errado. Preciso me acalmar — preciso pensar em tudo desde o começo." E novamente começou a divagar. "Sim, o começo da minha doença: bati de lado, mas ainda estava muito bem naquele dia e no seguinte. Doeu um pouco, depois um pouco mais. Consultei-me com os médicos, então veio o desânimo e a angústia, mais médicos, e eu me aproximei do abismo. Minha força diminuiu e eu continuei chegando mais e mais perto, e agora fui derrotado e não há nenhuma luz em meus olhos. Penso no apêndice, mas me vem a morte! Penso em remendar o apêndice, e o tempo todo aqui está a morte! Será realmente a morte?" Mais uma vez o terror se apoderou do seu corpo e ele engasgou para respirar. Ofegante, abaixou e começou a procurar os fósforos, batendo o cotovelo na mesinha de cabeceira que ficava ao lado da cama. Furioso com a dor causada pelo móvel que estava em seu caminho, atirou-se contra ele, derrubando-o. Sem fôlego e em desespero, caiu de costas, esperando que a morte viesse imediatamente.

Enquanto isso, os visitantes partiam. Praskovya Fedorovna despediu-se de todos. Ouviu o barulho e entrou correndo no quarto.

— O que aconteceu?

— Nada. Eu derrubei isso acidentalmente.

Ela saiu e voltou com uma vela. Ele permaneceu deitado de costas, ofegando pesadamente, como um homem que correu mil metros. Encarou-a com um olhar fixo.

— O que é, Ivan?

— Não... não é na...da. Eu... derrubei isso... ("Por que falar? Ela não vai entender", pensou ele.)

E ela realmente não entendia. Ela apanhou o castiçal, acendeu a vela e se apressou para acompanhar outro visitante até a porta. Quando voltou, ele ainda estava deitado de costas, olhando para cima.

— O que é? Você se sente pior?

— Sim.

Ela balançou a cabeça e se sentou.

— Sabe, Ivan, acho que devemos pedir a Leshchetitsky para vir ver você.

Isso significava chamar o famoso especialista, independentemente das despesas. Ele sorriu acidentalmente e disse "Não". Ela ficou sentada por mais um tempo, depois foi até ele e beijou sua testa.

Enquanto ela o beijava, ele a odiou do fundo da alma e, com dificuldade, controlou o desejo de afastá-la.

— Boa noite. Se Deus quiser, dormirá bem.

— Sim.

CAPÍTULO VI

Ivan Ilitch via que estava morrendo e vivia em constante desespero. No fundo de seu coração, ele sabia que estava morrendo, mas não só não se acostumava com o pensamento, como era absolutamente incapaz de compreendê-lo.

O silogismo que ele aprendeu com a Lógica de Kiesewetter: "Caio é um homem, os homens são mortais, portanto, Caio é mortal", sempre lhe pareceu correto quando aplicado a Caio, mas certamente não quando aplicado a si mesmo. Que Caio — o homem abstrato — era mortal, estava perfeitamente correto, mas ele não era Caio, não era um homem abstrato, mas uma criatura totalmente separada de todas as outras. Ele havia sido o pequeno Vânia, com uma mamãe e um papai, com Mítia e Volódia, com os brinquedos, um cocheiro e uma ama, depois com Kátienka e com todas as alegrias, tristezas e delícias da infância, adolescência e juventude. O que Caio sabia do cheiro daquela bola de couro listrada que Vânia gostava tanto? Por acaso era Caio que beijava a mão de sua mãe e fazia a seda de seu vestido farfalhar? Era Caio quem havia se rebelado na escola quando o bolo estava ruim? Caio tinha amado? Caio poderia presidir uma sessão como ele fazia? "Caio realmente é mortal, e, então, é justo que morra; mas para mim, pequeno Vânia, Ivan Ilitch, com todos os meus pensamentos e emoções, é uma questão totalmente diferente. Não é possível que eu precise morrer. Isso seria terrível."

Esse era o seu sentimento.

"Se eu tivesse que morrer como Caio, já o saberia muito bem. Minha voz interior me diria, mas nunca me disse nada. Eu e meus amigos sabemos que o nosso caso não tem nada a ver com o de Caio. E agora aqui está a morte!", falou para si próprio. "Não pode ser. É impossível! Mas aqui está. Como? Como entender isso?"

Não conseguia compreender e tentava afastar esse pensamento — falso, incorreto e mórbido — e substituí-lo por outros — adequados e saudáveis. Mas aquele pensamento, ou melhor, aquela realidade, parecia vir e confrontá-lo.

Para derrotá-la, invocava uma sucessão de outras, na esperança de encontrar ali algum conforto. Tentou voltar para uma antiga corrente de pensamentos que anteriormente camuflava a ideia de morte. Mas, inusitadamente, tudo o que antes camuflava, invalidava e destruía a consciência da morte não funcionava mais. Ivan Ilitch agora passava a maior parte de seu tempo tentando restabelecer aquela velha corrente. Ele dizia a si mesmo:

"Vou me dedicar aos meus deveres novamente. Afinal, eu costumava viver por eles." E, banindo todas as dúvidas, sentava-se para o tribunal, conversava com os colegas, ia descuidadamente, como era seu costume, examinando a multidão com um olhar pensativo e apoiando ambos os braços nos braços de sua cadeira de carvalho. Depois, virava-se levemente para o assessor e então, de repente, levantando os olhos e sentando-se ereto, pronunciava as palavras habituais e abria o processo. De repente, no meio do julgamento, a dor em seu lado, sem se importar com o processo em andamento, começava seu próprio trabalho de roer. Ivan Ilitch voltava sua atenção para *ela*, tentando afastar o pensamento que ela acarretava, mas sem sucesso. A ideia retornava e parava diante dele, encarando-o, e ele ficava petrificado, e a luz de seus olhos se apagava, e ele voltava a se perguntar se era possível que apenas *ela* fosse verdade. E seus colegas e subordinados viam com surpresa e angústia que ele, um juiz brilhante e sutil, estava ficando confuso e cometendo erros. Ele se movimentava, tentando se recompor, terminava a sessão de qualquer forma e voltava para casa com a triste consciência de que seus trabalhos judiciais não podiam, como antes, esconder o que ele não queria enxergar. E o pior de tudo era que a consciência atraía para si toda a sua atenção, não a fim de fazê-lo agir, mas apenas para encará-la, cara a cara, inapto, sofrendo inexprimivelmente.

E, para se salvar dessa condição, Ivan Ilitch buscava consolos, novas proteções e novos abrigos foram encontrados e por um tempo pareceram salvá-lo, mas então, repentinamente caíam em pedaços ou tornavam-se transparentes, permitindo que *ela* penetrasse e sem que nada pudesse encobri-la.

Nestes últimos dias, quando entrava na sala de estar, que ele mesmo havia decorado — aquela sala onde ele havia caído e por causa da qual (quão amargamente ridículo parecia) tinha sacrificado sua vida, pois sabia que sua doença se originou com aquela batida —, procurava por arranhões na mesa polida. Se encontrava, averiguava a causa e declarava ter sido a ornamentação de bronze de um álbum. Acompanhava o caro álbum que ele próprio havia organizado com amor, e se aborrecia com sua filha e seus amigos por conta do desleixo — pois o álbum fora rasgado aqui e ali, e algumas das fotos estavam viradas de cabeça para baixo. Ele cuidadosamente colocava tudo em ordem e dobrava a ornamentação de volta para sua posição correta.

Em seguida, ocorria-lhe a ideia de rearranjar toda a disposição do cômodo. Chamava o lacaio, mas a filha ou a esposa vinha para ajudá-lo. Elas não concordavam, sua esposa o contradizia, e a discussão o deixava zangado. Mas estava tudo bem, desde que ele se esquecesse *dela*. *Ela* não estava ali.

Um dia, quando estava sozinho vasculhando alguns objetos, a esposa repreendeu-o: "Deixe que os criados façam. Você vai se machucar novamente." E, de repente, *ela* atravessava o abrigo que o protegia. Ele conseguia *vê-la*. Fora apenas uma espiada, e ele esperava que *ela* desaparecesse, mas, involuntariamente, apalpou o lado doente. A dor continuava lá, corroendo-o. E ele não podia mais esquecê-la, podia vê-la claramente, encarando-o por trás das flores. Por quê?

"Será que realmente perdi minha vida aqui, perto daquela cortina, como poderia ter feito ao invadir um forte? Isso é possível? Quão terrível e estúpido é. Não pode ser verdade! Não pode, mas é."

Ia para o seu escritório, deitava-se e novamente ficava sozinho com *ela*. Face a face com *ela*. E nada poderia ser feito, com ele, a não ser encará-la e estremecer.

CAPÍTULO VII

É impossível dizer como aquilo aconteceu, pois deu-se passo a passo, de maneira imperceptível. Mas, no terceiro mês da doença de Ivan Ilitch, sua esposa, sua filha, seu filho, seus conhecidos, os médicos, os criados, e sobretudo ele próprio, sabiam que o único interesse que ele despertava nas pessoas era saber quando seu cargo ficaria vago, quando libertaria os vivos do desconforto causado por sua presença e quando ele próprio ficaria livre de seus sofrimentos.

Dormia cada vez menos. Davam-lhe ópio e injeções hipodérmicas de morfina, mas isso não aliviava sua dor. A depressão surda que ele experimentou em uma condição sonolenta, no início, deu-lhe um pouco de alívio, mas, assim como tudo o que é novo, depois tornou-se tão angustiante quanto a própria dor, ou ainda mais.

Alimentos especiais foram preparados para ele por ordem dos médicos, mas todos esses pratos se tornaram cada vez mais desagradáveis e nojentos para ele.

Para suas excreções também precisava de arranjos especiais, e isso foi um constante tormento para ele — um tormento pela impureza, pela inconveniência e pelo cheiro, e por saber que outra pessoa deveria ajudá-lo.

Mas apenas por meio desse assunto extremamente desagradável Ivan Ilitch obteve consolo. Gerasim, o jovem assistente de mordomo, sempre vinha recolher e descartar os excrementos. Gerasim era um limpo e jovem camponês, forte graças à comida da cidade e sempre alegre e inteligente. No início, sua presença, em seu traje limpo de camponês russo, empenhado naquela tarefa nojenta, envergonhou Ivan Ilitch.

Uma vez, ao se levantar do vaso, não teve forças para puxar as calças, deixou-se cair em uma poltrona macia e olhou com horror para suas coxas nuas e enfraquecidas, com os músculos claramente demarcados sob a pele. Gerasim, com um piso leve e firme, suas botas pesadas exalando um cheiro agradável de alcatrão e fresco ar de inverno, entrou usando um avental Hessian limpo, as mangas da camisa estampada dobradas para cima, exibindo seus braços jovens e fortes; e, abstendo-se de olhar para seu patrão doente, por consideração por seus sentimentos, e reprimindo a alegria da vida que irradiava de seu rosto, dirigiu-se para o vaso.

— Gerasim! — chamou Ivan Ilitch com a voz fraca.

Gerasim estremeceu, evidentemente com medo de ter cometido algum erro, e com um movimento rápido voltou seu rosto jovem, amável e simples, que apenas mostrava os primeiros sinais felpudos de uma barba no rosto, para o patrão.

— Sim, senhor?

— Isso tudo deve ser muito desagradável para você. Você deve me perdoar. Estou desamparado.

— Desagradável coisa nenhuma — os olhos de Gerasim brilharam e ele mostrou seus dentes brancos e brilhantes. — É um caso de doença, senhor. Sendo assim, é apenas minha obrigação.

E suas mãos hábeis e fortes cumpriram sua tarefa costumeira, e saiu da sala pisando levemente. Cinco minutos depois, retornou e encontrou o patrão na mesma posição de quando saiu.

— Gerasim — chamou novamente, depois que este substituiu o utensílio recém-lavado. — Por favor, venha aqui e me ajude. — Gerasim foi até ele. — Levante-me. Tenho dificuldade para levantar-me, e mandei o Dmitri embora.

Gerasim foi até ele, agarrou o patrão com seus braços fortes, hábil, mas suavemente, e, sustentando-o com só uma mão, com a outra subiu suas calças. Teria colocado-o no chão novamente, mas Ivan Ilitch pediu para ser levado para o sofá. Gerasim, sem esforço, conduziu-o, quase o levantando, até o sofá.

— Olhe você. Como você faz tudo bem e facilmente!

Gerasim sorriu novamente e se virou para sair da sala. Mas Ivan Ilitch sentiu em sua presença um consolo, de forma que não queria deixá-lo ir.

— Mais uma coisa. Por favor, mova essa cadeira para perto de mim. Não, a outra, sob meus pés. Isto é mais fácil para mim quando meus pés estão levantados. — Gerasim trouxe a cadeira, colocou-a suavemente no lugar e ergueu as pernas de Ivan Ilitch em cima dela. Pareceu a Ivan Ilitch que se sentia melhor enquanto Gerasim segurava suas pernas.

— É melhor quando minhas pernas estão mais altas — disse ele. — Coloque aquela almofada sob elas.

Gerasim o fez. Novamente, levantou as pernas do patrão e as colocou sobre almofadas, e novamente Ivan Ilitch se sentiu melhor enquanto Gerasim segurava suas pernas e, quando as largava, Ivan Ilitch se sentia pior.

— Gerasim — disse ele. — Você está muito ocupado agora?

— De jeito nenhum, senhor — disse Gerasim, que havia aprendido com os habitantes da cidade como falar com cavalheiros.

— O que você ainda precisa fazer?

— O que eu tenho que fazer? Fiz tudo, exceto cortar a lenha para amanhã.

— Então segure minhas pernas um pouco mais alto, pode?

— Claro que posso. Por que não? — Gerasim ergueu as pernas de seu patrão mais para cima, e Ivan Ilitch pensou que naquela posição não sentia nenhuma dor.

— E a lenha?

— Não se preocupe com isso, senhor. Há muito tempo.

Ivan Ilitch disse a Gerasim para se sentar e segurar suas pernas, e começou a conversar com ele. É estranho dizer que lhe parecia que se sentia melhor enquanto Gerasim erguia suas pernas.

Depois desse dia, Ivan Ilitch às vezes chamava Gerasim e fazia com que ele segurasse suas pernas sobre os ombros, e gostava de conversar com ele. Gerasim fazia tudo com tanta facilidade e boa vontade, que comoveu Ivan Ilitch. Saúde, força e vitalidade, em outras pessoas, eram ofensivas para ele, mas a força e vitalidade de Gerasim não o mortificavam, mas o acalmavam.

O que mais atormentava Ivan Ilitch era o fingimento, a mentira, por algum motivo aceita por todos, de que ele não estava morrendo, mas simplesmente doente, e que ele precisava repousar e submeter-se a um tratamento, e disso resultaria algo muito bom. Ele, no entanto, sabia que nada resultaria disso, apenas sofrimento e morte ainda mais agonizantes. E a mentira o torturou, eles não queriam admitir o que todos, inclusive ele, sabiam. E, mentindo sobre sua terrível condição, o obrigavam a fazer parte dessa farsa. Aquela mentira, decretada sobre ele na véspera de sua morte, foi uma agonia terrível para Ivan Ilitch. E, estranhamente, quando eles em sua presença começavam com tais fingimentos, por diversas vezes quis repreendê-los. “Parem de mentir! Vocês sabem e eu sei que estou morrendo. Então, pelo menos parem de mentir!” Mas nunca tinha ânimo para fazê-lo. O ato terrível de sua morte foi, ele podia ver, reduzido por aqueles que o cercavam a um incidente casual, desagradável e quase indecoroso, como se alguém entrasse em uma sala de estar dissipando um odor desagradável. Viu que ninguém sentia compaixão por ele, porque ninguém desejava compreender sua posição. Só Gerasim o reconheceu e sentiu pena dele. E então Ivan Ilitch sentia-se à vontade apenas com ele. Sentia-se confortável quando Gerasim apoiava suas pernas (quase toda noite), e se recusava a ir para a cama, dizendo: “Não se preocupe, Ivan Ilitch. Vou dormir o suficiente mais tarde”, ou quando, de repente, tornando-se íntimo e tratando-o por tu, exclamava: “Se você não estivesse doente, seria outro assunto, mas como está, por que eu não deveria me incomodar um pouco?” Gerasim era o único que não mentia, e tudo indicava que apenas ele entendia a gravidade do caso e não considerava disfarçar, simplesmente sentia pena de seu patrão emaciado e enfraquecido. Uma vez, quando Ivan Ilitch o mandou embora, ele disse sem rodeios: "Vamos todos morrer, então por que devo ressentir-me de um pouco de trabalho?", na tentativa de explicar que não achava seu trabalho pesado, porque estava ajudando um homem moribundo, e esperava que alguém fizesse o mesmo por ele quando sua hora chegasse.

Além daquela mentira, ou por causa dela, o que mais atormentava Ivan Ilitch era que ninguém sentia pena dele como ele desejava que sentissem. Em certos momentos, após um período de sofrimento prolongado, desejava acima de tudo (embora tivesse vergonha de admitir) que alguém sentisse pena dele como se sente de uma criança doente. Desejava ser acariciado e confortado. Ele sabia que era um juiz importante, que tinha uma barba grisalha e que, portanto, o que desejava era impossível, mas, ainda assim, ansiava por isso. E na atitude de Gerasim em relação a ele havia algo semelhante ao que desejava, e isso o confortou. Ivan Ilitch queria chorar, queria ser acariciado e confortado, mas quando seu colega Shebek chegava, em vez de choro e piedade, Ivan Ilitch assumia um ar sério, severo e profundo, e, pela força do hábito, expressava sua opinião sobre uma decisão do Tribunal de Cassação e insistia teimosamente para que o amigo desse uma olhada. Essa falsidade, ao seu redor e até mesmo dentro dele, mais do que qualquer outra coisa, envenenou seus últimos dias.

CAPÍTULO VIII

Já era manhã. Ele sabia que era manhã apenas porque Gerasim havia saído e Piotr, o outro criado, havia entrado para apagar as velas, abrir as cortinas e silenciosamente começar a arrumar o quarto. Fosse de manhã ou à noite, sexta ou domingo, não fazia diferença, tudo ocorria da mesma forma: a dor lancinante, não mitigada, agonizante, nunca cessando, nem por um instante, a consciência da vida inexoravelmente minguando, mas ainda não extinta, a aproximação da morte terrível e odiosa que era a única realidade, e sempre a mesma falsidade. Então de que importavam os dias, as semanas, as horas?

— Aceita um pouco de chá, senhor?

"Ele é metódico e acredita que os patrões precisam beber chá pela manhã", pensou Ivan Ilitch, e apenas disse "Não".

— Não gostaria de ir para o sofá, senhor?

"Ele quer arrumar o quarto, e eu estou atrapalhando. Eu sou impureza e desordem", ele pensou, e disse apenas:

— Não, deixa-me aqui.

O homem continuou a arrumação. Ivan Ilitch estendeu a mão. Piotr aproximou-se, pronto a ajudar.

— O que é, senhor?

— Meu relógio.

Piotr pegou o relógio, que estava ao alcance de Ivan Ilitch, e deu-o ao patrão.

— Oito e meia. Eles estão acordados?

— Não, senhor, apenas Vladimir Ivanovitch — o filho — que foi à escola. Praskovya Fedorovna ordenou que eu a acordasse se você chamasse por ela. Devo fazer isso?

— Não, não é necessário. — "Talvez seja melhor eu tomar um pouco de chá", pensou, e acrescentou em voz alta: — Sim, traga-me um pouco de chá.

Piotr foi até a porta, mas Ivan Ilitch temia ser deixado sozinho. "Como posso mantê-lo aqui? Oh, sim, meu remédio."

— Piotr, me dê meu remédio. — E pensou: "Por que não? Talvez me faça bem." Pegou uma colher e engoliu. "Não, não vai ajudar. É tudo tolice, tudo engano", percebeu assim que sentiu o gosto familiar, nojento e desesperador. "Não, não acredito em mais nada. Mas a dor, por que essa dor? Se parasse apenas por um momento!" E ele gemeu. Piotr se virou para ele.

— Está tudo bem. Vá buscar um pouco de chá para mim.

Piotr saiu. Sozinho, Ivan Ilitch gemia, não tanto de dor, por mais terrível que fosse, mas de angústia. "É sempre o mesmo, sempre, por intermináveis dias e noites. Se ao menos fosse mais rápido! Mais rápido o quê? Morte, escuridão? Não, não! Qualquer coisa, menos a morte!”

Quando Piotr voltou com o chá em uma bandeja, Ivan Ilitch o encarou por um tempo, perplexo, sem perceber quem era e o que queria. Piotr ficou desconcertado com aquele olhar e seu embaraço trouxe Ivan Ilitch para si.

— Oh, chá! Certo, coloque-o aqui. Primeiro me ajude a me lavar e vestir uma camisa limpa.

E Ivan Ilitch começou a se lavar. Com pausas para descanso, lavou as mãos e depois o rosto, escovou os dentes, escovou o cabelo, olhou-se no espelho. Ficou apavorado com o que viu, especialmente com a maneira com que seu cabelo escorrido grudava na testa pálida.

Enquanto trocava a camisa, sabia que ficaria ainda mais assustado com a visão de seu corpo, então evitou olhar para o espelho. Finalmente, estava pronto. Vestiu um roupão, envolveu-se em uma manta e sentou-se na poltrona para tomar o chá. Por um momento, sentiu-se refrescado, mas assim que começou a beber o chá, sentiu novamente o mesmo gosto ruim, e a dor também voltou. Terminou de beber com esforço e, em seguida, deitou-se esticando as pernas e dispensou Piotr.

Era sempre o mesmo. Se uma centelha de esperança surgia, logo chegava um mar de desespero, e sempre dor, sempre desespero e sempre o mesmo. Quando sozinho, sentia um terrível e angustiante desejo de chamar por alguém, mas sabia de antemão que com outras pessoas presentes seria ainda pior. “Outra dose de morfina ajudaria, para perder a consciência. Vou pedir ao médico que me prescreva alguma coisa. É impossível, impossível continuar assim.”

Cerca de duas horas transcorreram assim. Até que toca a campainha da porta. “Talvez seja o médico.” É. Ele chega saudável, forte, rechonchudo e alegre, com aquele olhar em seu rosto que parece dizer: “Pronto, está se preocupando à toa. Já vou resolver todos os seus problemas.” O médico sabe que essa expressão não se encaixa ali, mas incorporou-a às suas vestimentas e não consegue tirá-la, como um homem que vestiu uma sobrecasaca pela manhã para cumprir seus compromissos sociais.

O médico esfrega as mãos de maneira vigorosa e tranquilizadora.

— Como está frio! Há uma geada muito forte! Deixe-me aquecer! — ele diz, como se aquecer-se fosse o suficiente para poder resolver tudo.

— Bem, agora, como você está?

Ivan Ilitch sentia que o médico gostaria de dizer: “Bem, como vão os negócios?” Como isso, no entanto, não faz sentido ali, diz:

— Como foi a noite?

Ivan Ilitch olha para ele como se perguntasse: “Você realmente não tem vergonha de mentir?” Mas o médico não quer saber dessa pergunta, e Ivan Ilitch diz:

— Tão terrível como sempre. A dor nunca me deixa e nunca diminui. Se pudéssemos fazer algo para diminuí-la...

— Vocês, doentes, são sempre assim... Pronto, agora acho que estou quente o suficiente. Nem mesmo Praskovya Fedorovna, que é tão meticulosa em relação à temperatura das mãos, conseguiria encontrar algum defeito na minha. Agora posso cumprimentar — e o médico aperta a mão do paciente.

Em seguida, deixando de lado a brincadeira, adota uma postura muito séria para examinar o paciente, tomando seu pulso e aferindo sua temperatura, auscultando-o e apalpando seu abdômen.

Ivan Ilitch sabe muito bem que tudo isso é um absurdo, puro fingimento, mas quando o médico, ajoelhando-se, inclina-se sobre ele, colocando seu ouvido em vários lugares, e executa movimentos de ginástica com uma expressão séria em seu rosto, Ivan Ilitch se submete a tudo, como costumava se submeter aos discursos dos advogados, embora soubesse perfeitamente que todos estavam mentindo durante todo o tempo, e ele sabendo o porquê.

O médico, ajoelhado no sofá, ainda estava examinando-o quando o farfalhar da seda do vestido de Praskovya Fedorovna comunicou sua chegada ao cômodo, repreendendo Piotr instantaneamente por não tê-la informado sobre a chegada do médico. Depois beija o marido e começa a provar que já está de pé faz tempo, e só devido a um mal-entendido não conseguiu estar lá quando o médico chegou.

Ivan Ilitch olha para ela, examina-a por completo, reprovando sua brancura e gordura, a limpeza de suas mãos e pescoço, o brilho de seu cabelo e de seus olhos vivazes. Ele a odeia com toda a sua alma. E seu toque desencadeia nele um acesso de raiva que piora seu sofrimento.

A atitude dela em relação a ele e sua doença ainda é a mesma. Assim como o médico havia adotado uma certa postura com seus pacientes que não podia abandonar, ela também havia estabelecido a de afirmar que Ivan Ilitch não estava fazendo nada do que deveria ser feito e era ele mesmo o culpado, e que ela o repreendia por isso amigavelmente. — E agora não podia mudar essa atitude.

— Você vê que ele não me escuta e não toma o remédio na hora certa? E acima de tudo, fica em uma posição que sem dúvida é ruim para ele, com as pernas para cima.

E descreveu como ele obrigava Gerasim a erguer suas pernas.

O médico sorriu com uma afabilidade desdenhosa, que dizia: "O que fazer? Essas pessoas doentes têm fantasias tolas desse tipo, mas devemos perdoá-las".

Quando o exame terminou, o médico olhou para o relógio e, em seguida, Praskovya Fedorovna anunciou a Ivan Ilitch que, querendo ele ou não, ela havia arranjado uma reunião entre um especialista famoso e Mikhail Danilovitch (o médico da família).

— Por favor, não levante objeções. Estou fazendo isso para meu próprio bem — disse ela ironicamente, dando a entender que estava fazendo tudo pelo marido e apenas disse isso para não lhe dar o direito de recusar.

Ele permaneceu em silêncio, franzindo as sobrancelhas. Sentiu que estava tão cercado e envolvido em uma malha de falsidade que era difícil desvendar qualquer coisa.

Tudo o que ela fazia por ele era exclusivamente para seu próprio bem, mas disse a ele que estava fazendo por si mesma o que realmente estava fazendo por si mesma, como se isso fosse tão inacreditável que pudesse somente significar o oposto.

Às onze e meia, chegou o célebre especialista. Novamente começaram os exames e as discussões científicas, ora em sua presença, ora em outra sala, sobre os rins e o apêndice, que não funcionavam como deveriam. E foi uma enxurrada de perguntas e respostas em tom cerimonioso que, novamente, tornavam a questão da vida e da morte de Ivan Ilitch completamente irrelevante, apenas importavam os rins e o apêndice, que não estavam se comportando como deveriam e agora seriam tratados por Mikhail Danilovitch e o especialista, que resolveriam tudo.

O famoso especialista despediu-se dele com um olhar sério, embora não desesperador, e, em resposta à tímida pergunta que Ivan Ilitch, com os olhos brilhando de medo e esperança, fez a ele sobre uma possível chance de recuperação, disse que não poderia garantir, mas havia uma possibilidade. O olhar de esperança com que Ivan Ilitch encarou o médico foi tão patético que Praskovya Fedorovna não conseguiu segurar as lágrimas ao sair da sala para pegar o pagamento do médico.

O brilho de esperança aceso pelo encorajamento do médico não durou muito. A mesma sala, as mesmas fotos, as cortinas, o papel de parede, os frascos de remédios estavam todos lá, assim como também estava o mesmo corpo dolorido e sofrido, e Ivan Ilitch começou a gemer. Deram a ele uma injeção subcutânea de morfina e ele caiu no entorpecimento.

Era noite quando ele acordou. Serviram-lhe o jantar e ele engoliu um pouco de chá e carne com dificuldade, e novamente era a mesma noite de sempre.

Após o jantar, às sete horas, Praskovya Fedorovna entrou na sala em traje de gala, os seios fartos empurrados para cima pelo espartilho e com vestígios de pó no rosto. Lembrara-o pela manhã que iriam ao teatro. Sarah Bernhardt estava se apresentando na cidade e eles haviam comprado um camarote, insistência do próprio Ivan Ilitch. Havia se esquecido e se sentiu ofendido pelo vestido de gala, mas disfarçou seu aborrecimento quando lembrou que a ideia de garantir um camarote havia partido dele mesmo, porque seria um educativo e estético espetáculo para as crianças.

Apareceu Praskovya Fedorovna, satisfeita, mas, ao mesmo tempo, com um ar bastante culpado. Ela se sentou e perguntou como ele estava, mas, como ele bem notou, apenas por educação, pois sabia muito bem que ele permanecia acamado. E então passou ao que ela realmente queria dizer: que de forma alguma planejava ir, mas que o camarote já estava comprado e que Helen e seus filhos estavam indo, assim como Petrishchev (o juiz de instrução, pretendente da filha), e que estava fora de questão deixá-los irem sozinhos; mas que ela teria preferido sentar com ele por um tempo, e que ele devia se certificar de seguir as ordens do médico enquanto ela estivesse fora.

— Ah, e Fiódor Petrishchev — o pretendente — gostaria de vê-lo. E Liza também. Podem entrar?

— Tudo bem.

A filha entrou em um vestido de noite completo, sua jovem carne exposta. Era forte, saudável, evidentemente apaixonada e impaciente com a doença, o sofrimento e a morte, porque interferiam na sua felicidade. Fiódor Petriskchev entrou também, em traje de gala, os cabelos encaracolados *à la Capoul*[8], o colarinho em volta do pescoço comprido e musculoso, uma engomada camisa branca e calças pretas estreitas bem esticadas sobre suas coxas fortes. Em uma das mãos segurava uma luva branca, na outra, seu chapéu de ópera. Seguindo-o, escondia-se o colegial, com um uniforme novo e luvas. Olheiras terrivelmente escuras apareciam sob seus olhos, cujo significado Ivan Ilitch conhecia bem.

8 Joseph Victor Amédée Capoul (1839 - 1924), cantor francês cujos cabelos encaracolados são comparados aos do personagem. (N. do R.)

O filho sempre parecera patético para ele, e agora era terrível ver o olhar assustado de piedade do menino. Pareceu a Ivan Ilitch que Vasya era o único além de Gerasim que o compreendia e sentia pena dele.

Todos se sentaram e perguntaram novamente como ele estava. Seguiu-se um silêncio. Liza perguntou à mãe sobre os óculos de ópera, e houve uma discussão entre as duas quanto a quem os havia usado pela última vez e onde foram colocados.

Fiódor Petrishchev perguntou a Ivan Ilitch se ele já havia visto Sarah Bernhardt. Ivan Ilitch, a princípio, não entendeu a pergunta, mas depois respondeu:

— Não, você já?

— Sim, em *Adrienne Lecouvreur*[9].

Praskovya Fedorovna mencionou alguns papéis em que Sarah Bernhardt foi particularmente boa. Sua filha discordou. Iniciou-se uma conversa sobre a elegância e o realismo de sua atuação — o tipo de conversa que sempre se repete e é sempre a mesma.

No meio da conversa, Fiódor Petrishchev olhou para Ivan Ilitch e ficou em silêncio. Os outros também olharam para ele e emudeceram. Ivan Ilitch encarava-os com olhos brilhantes, evidentemente indignado com todos. Alguém precisava consertar a situação, mas era impossível fazê-lo. O silêncio precisava ser quebrado, mas, por um tempo, ninguém se atreveu a falar, com medo de que a farsa convencional de repente fosse quebrada e a verdade se tornasse clara para

9 Peça trágica francesa escrita por Gabriel Jean Baptiste Ernest Wilfrid Legouvé (1807 - 1903) e Augustin Eugène Scribe (1791 - 1861).

todos. Liza foi a primeira a criar coragem e quebrar o silêncio, mas, tentando esconder o que todos estavam sentindo, ela traiu:

— Bem, se vamos mesmo, é hora de partir —, disse ela, olhando para o relógio, um presente do pai, e, com um sorriso fraco e significativo para Fiódor Petrishchev, relacionado a algo conhecido apenas por eles, levantou-se balançando o vestido.

Todos se levantaram, disseram boa-noite e foram embora.

Depois que eles se foram, Ivan Ilitch teve a impressão de que se sentia melhor; a falsidade tinha ido com eles. Mas a dor permaneceu — a mesma dor e o mesmo medo que fazia tudo monotonamente igual, nada mais difícil e nada mais fácil. Tudo sempre piorava.

Mais uma vez, minuto seguido de minuto e hora seguida de hora. Tudo permaneceu igual e interminável. E o fim inevitável de tudo se tornou cada vez mais terrível.

— Sim, chame Gerasim — ele respondeu a uma pergunta feita por Piotr.

CAPÍTULO IX

A esposa voltou tarde da noite. Chegou nas pontas dos pés, mas ele a ouviu, abriu os olhos e se apressou em fechá-los novamente. Ela desejava mandar Gerasim embora e sentar-se com ele ela mesma, mas ele abriu os olhos e disse:

— Não, vá embora.

— Você está com muita dor?

— Sempre o mesmo.

— Tome um pouco de ópio.

Ele concordou e tomou uma dose. Ela foi embora.

Até cerca das três da manhã, ele ficou em um estado de miséria entorpecida. Pareceu-lhe que ele e sua dor estavam sendo empurrados para um saco preto estreito e profundo, mas, embora fossem empurrados cada vez mais para dentro, não conseguiam alcançar o fundo. E essa sensação, terrível o suficiente por si, vinha acompanhada de sofrimento. Ele estava com medo, mas queria cair dentro do saco. Resistia, mas também cooperava. E, de repente, rompia o saco, caía e recuperava a consciência. Gerasim estava sentado ao pé da cama, cochilando em silêncio e pacientemente, enquanto ele próprio se deitava com suas pernas emaciadas com meias apoiadas nos ombros do criado. A mesma vela sombreada e a mesma dor incessante estavam lá.

— Vá embora, Gerasim — ele sussurrou.

— Está tudo bem, senhor. Vou ficar mais um pouco.

— Não. Vá embora.

Tirou as pernas dos ombros de Gerasim, virou-se de lado sobre o braço e sentiu pena de si mesmo. Apenas esperou Gerasim chegar próximo ao cômodo, e começou a chorar como uma criança. Chorou por causa de seu desamparo, de sua terrível solidão, da crueldade do homem, da crueldade e da ausência de Deus.

"Por que o Senhor fez tudo isso comigo? Por que me fez chegar a esse ponto? Por que, por que me atormenta tão terrivelmente?"

Não esperava uma resposta, mas mesmo assim chorou por não ser e não poder ser respondido. A dor tornou a ficar mais aguda, mas ele não se mexeu e não ligou. Falou para si próprio:

"Continue! Maltrate-me! Mas por quê? O que eu fiz? Para que tudo isso?" Então ficou quieto e não só parou de chorar, como também prendeu a respiração e concentrou toda sua atenção. Era como se estivesse ouvindo não uma voz audível, mas a voz de sua alma, a corrente de pensamentos que surgiam dentro dele.

"O que é que você quer?", foi a primeira concepção clara capaz de ser exprimida em palavras que ele ouviu.

"O que você quer? O que você quer?", ele repetiu para si mesmo.

"O que eu quero? Viver e não sofrer", respondeu.

E novamente ouviu com tanta atenção concentrada que nem mesmo a dor foi capaz de distraí-lo.

"Viver? Como?", perguntou sua voz interior.

"Ora, viver como antes — bem e agradavelmente."

"Como você viveu antes, bem e agradavelmente?", a voz repetiu.

E, na imaginação, ele começou a relembrar os melhores momentos de sua vida agradável. Mas, estranho dizer, nenhum dos melhores momentos de sua vida agradável parecia agora o que pareciam antes — nenhum deles, exceto as primeiras lembranças da infância. Lá, na infância, havia algo realmente agradável com o que seria possível viver, se pudesse voltar. Mas a criança que experimentou aquela felicidade não existia mais, era como uma reminiscência de outra pessoa.

Desde o início do período que produziu o presente Ivan Ilitch, tudo o que até então parecia alegria, agora derretia diante de sua vista e se transformava em algo trivial e, muitas vezes, desagradável.

E quanto mais ele partia da infância e quanto mais perto ele chegava do presente, mais inúteis e duvidosas eram as alegrias. Começou com a Escola de Direito. Ali ainda havia algo verdadeiramente bom — havia despreocupação, amizade e esperança. No final do curso, encontrou menos desses bons momentos. Durante os primeiros anos de sua carreira oficial, quando estava a serviço do governador, alguns momentos agradáveis novamente ocorreram: eram as memórias de amor por uma mulher. Depois, tudo ficou confuso e houve ainda menos do que era bom; mais tarde, ainda menos, e, quanto mais ele avançava, menos havia. Seu casamento, um mero acidente, e o desencanto que o seguiu. O mau hálito de sua esposa, a sensualidade e a hipocrisia! E aquela detestável vida oficial e as preocupações com dinheiro. Um ano, dois, dez, ou vinte, sempre a mesma coisa. E quanto mais tempo passava, mais odiosa se tornava. "É como se eu estivesse descendo a ladeira enquanto imaginava que estava subindo. É isso o que realmente era. Eu estava subindo na opinião pública, mas, na mesma medida, a vida estava se esvaindo de mim. E agora está tudo feito e só há morte."

"Então, o que isso significa? Por quê? Não pode ser que a vida seja tão sem sentido e horrível. Mas se tudo tem sido tão horrível e sem sentido, por que devo morrer e morrer em agonia? Há algo errado!"

"Talvez eu não tenha vivido como deveria", ocorreu-lhe. "Mas como, se fiz tudo corretamente?", respondeu a si mesmo, e imediatamente dispersou esse pensamento, a única solução de todos os enigmas da vida e da morte, como algo totalmente impossível.

"Então o que você quer agora? Viver? Viver como? Viver como você viveu nos tribunais quando o porteiro anunciava 'O juiz está chegando! O juiz está chegando, o juiz!'", repetiu para si mesmo. "Aqui está ele, o juiz. Mas eu não sou culpado!", exclamou com raiva. "Para que tudo isso?" E parou de chorar, mas, virando o rosto para a parede, continuou a refletir sobre a mesma questão: Por que e com que propósito existe todo esse horror? Por mais que tenha pensado, não encontrou respostas. E, sempre que lhe ocorria o pensamento, como acontecia com frequência, de que tudo resultava de não ter vivido como deveria, ele imediatamente se lembrava de sua vida correta e descartava essa ideia tão estranha.

CAPÍTULO X

Outra quinzena se passou. Ivan Ilitch agora não saía mais de seu sofá. Não deitava na cama, ficava deitado no sofá, de frente para a parede, quase o tempo todo. Sofreu sempre com as mesmas incessantes agonias e, na sua solidão, ponderava sempre sobre a mesma questão insolúvel: "O que é isto? Será que é a morte? " E a voz interior respondia: "Sim, é a Morte".

"Por que esses sofrimentos?" E a voz respondia: "Não há motivo, simplesmente é assim." Além disso, não havia nada.

Desde o início de sua doença, desde a primeira consulta com o médico, a vida de Ivan foi dividida entre dois humores opostos e alternados: ora era desespero e a expectativa desta morte incompreendida e terrível, ora era esperança e uma intensa observação interessada no funcionamento de seus órgãos. Às vezes, diante de seus olhos, havia apenas um rim ou um intestino que fugia temporariamente de seu dever. Outras, pensava apenas naquela incompreensível e terrível morte da qual era impossível escapar.

Esses dois estados de espírito se alternavam desde o início de sua doença, mas quanto mais a doença progredia, mais duvidosa e fantástica se tornava a concepção do rim, mais real era a sensação de morte iminente.

Precisava apenas se lembrar de como era três meses antes e no que havia se tornado para perceber a constância com que vinha decaindo, e perder qualquer resquício de esperança.

Derradeiramente, na solidão em que se encontrava, deitado de costas para o sofá, uma solidão no meio de uma cidade populosa e rodeada de inúmeros conhecidos, e naquela terrível solidão, Ivan Ilitch vivia apenas em memórias do passado. Imagens de seu passado surgiam diante dele, uma após a outra. Sempre começava com o que estava mais perto no tempo e, depois, voltava para o que era mais remoto — sua infância —, e lá descansava. Se pensasse nas ameixas cozidas que lhe foram oferecidas naquele dia, sua mente voltava às ameixas francesas murchas e cruas de sua infância, seu sabor peculiar e o fluxo de saliva quando chupava suas sementes, e, junto com a memória daquele gosto, vinha toda uma série de memórias daqueles dias: sua ama, seu irmão e seus brinquedos. "Não, não devo pensar nisso... É muito doloroso", disse Ivan Ilitch a si mesmo, e se trouxe de volta ao presente — ao encosto de vincos do sofá marroquino. "Couro é caro e não fica bonito. Houve uma discussão sobre isso. Foi um tipo diferente de briga, sobre um diferente tipo de couro, daquela vez em que rasgamos o portfólio do pai e fomos punidos, e mamãe trouxe algumas tortas para nós..." E novamente seus pensamentos se voltavam para sua infância, e novamente era doloroso, e ele tentava bani-los e fixar sua mente em outra coisa.

Então, mais uma vez, essa cadeia de memórias levava a outra — de como sua doença havia progredido e piorado. Também nessa, quanto mais atrás ele olhava, mais vida existia. Havia mais do que era bom na vida e mais da vida em si. Os dois se fundiam. "Assim como a dor foi piorando e piorando, minha vida foi ficando cada vez pior", pensou ele. "Há um ponto brilhante lá atrás, no início da vida, e depois tudo se torna mais e mais escuro e progride mais e mais rapidamente — em razão inversa ao quadrado da distância da morte", pensou Ivan Ilitch. E o exemplo de uma pedra caindo com velocidade crescente entrou em sua mente. Vida, uma série de crescentes sofrimentos, voa cada vez mais para o seu fim — o mais terrível sofrimento. "Eu estou voando para ele." Ele estremeceu, mudou de posição e tentou resistir, mesmo já estando ciente de que era impossível, e novamente, com olhos cansados, mas incapazes de ignorar o que estava bem na sua frente, olhou para o encosto do sofá e esperou — aguardando aquela queda terrível de choque e destruição.

"A resistência é impossível!", falou para si próprio. "Se eu ao menos entendesse para que é tudo isso! Mas isso também é impossível. A única explicação seria eu não ter vivido como deveria. Mas é impossível afirmar isso", e lembrou-se de toda a legalidade, exatidão e propriedade de sua vida. "Isso, de qualquer forma, certamente não pode ser admitido", ele pensou, e seus lábios sorriram ironicamente, como se alguém pudesse ver aquele sorriso e se deixar levar por ele. "Não há explicação! Agonia, morte... Por quê?"

CAPÍTULO XI

Outras duas semanas se passaram dessa forma e, durante essa quinzena, ocorreu um evento que Ivan Ilitch e sua esposa haviam desejado muito. Petrishchev pediu a mão de Liza formalmente. Aconteceu à noite. No dia seguinte, Praskovya Fedorovna entrou no quarto do marido pensando na melhor forma de informá-lo da novidade, mas naquela mesma noite houve uma piora em seu estado. Ela o encontrou ainda deitado no sofá, mas em uma posição diferente. Estava deitado de costas, gemendo e olhando fixamente para ela.

Ela começou a lembrá-lo de seus remédios, mas ele fitou-a com um olhar de tamanha animosidade, tão especialmente direcionado a ela, que ela não conseguiu terminar o que dizia.

— Pelo amor de Deus, deixe-me morrer em paz! — ele disse.

Ela teria ido embora, mas a filha entrou no cômodo para dizer “bom-dia”. Ele fitou-a com o mesmo olhar dado à esposa, e, em resposta à pergunta sobre sua saúde, disse secamente que logo liberaria a todos de si mesmo. Ambas ficaram em silêncio e, depois de se sentarem com ele por um tempo, foram embora.

— É nossa culpa? — Liza perguntou para a mãe. — É como se fôssemos culpadas! Sinto muito pelo papai, mas por que deveríamos ser torturadas?

O médico veio no horário de costume. Ivan Ilitch respondeu "sim" e "não", sem se importar com seus olhares raivosos, e finalmente disse:

— Você sabe que não pode fazer nada por mim, então me deixe sozinho.

— Podemos aliviar seus sofrimentos.

— Você não pode nem fazer isso. Deixe-me assim.

O médico foi até a sala e disse a Praskovya Fedorovna que o caso era muito grave e que o único recurso que restava era o ópio, para amenizar o terrível sofrimento do marido.

Era verdade, como disse o médico, que os sofrimentos físicos de Ivan Ilitch eram terríveis, mas piores do que os sofrimentos físicos eram seus sofrimentos mentais, sua principal tortura.

Os seus sofrimentos mentais deviam-se ao fato de, naquela noite, ao olhar para a face de Gerasim, com seu rosto sonolento e bem-humorado, com maçãs do rosto proeminentes, a pergunta de repente ocorreu a ele: "E se toda a minha vida estiver errada?"

Ocorreu-lhe que o que parecia perfeitamente impossível antes, ou seja, que ele não tinha vivido como deveria, afinal poderia ser verdade. Ocorreu-lhe que suas tentativas quase imperceptíveis de lutar contra o que era considerado bom pelas pessoas mais altamente colocadas, aqueles impulsos quase imperceptíveis que ele suprimia imediatamente, poderiam ter sido a coisa real, e todo o resto era falso. E seus deveres profissionais e todo arranjo de sua vida e de sua família, e todos os seus interesses sociais e oficiais, todos poderiam ter sido falsos. Ele tentou defender todas essas coisas para si mesmo e, de repente, sentiu a fraqueza de seus argumentos. Não havia nada para defender.

"Mas se for assim", disse a si mesmo, "e estou deixando esta vida com a consciência de que perdi tudo o que me foi dado e de que é impossível remediar — e então?"

Ele se deitou de costas e começou a revisar sua vida, analisando de uma maneira totalmente nova. De manhã, quando viu primeiro seu criado, depois sua esposa, depois sua filha, e então o médico, cada palavra e movimento que fizeram confirmaram a terrível verdade que havia sido revelada durante a noite. Neles, enxergou a si mesmo — tudo aquilo que viveu — e viu claramente que aquilo não era real de forma alguma, mas um terrível e enorme engano que ocultava a vida e a morte. Esta consciência intensificou seu sofrimento físico dez vezes. Ele gemia e se agitava, e puxava sua roupa que o sufocava e o estrangulava. E os odiava por isso.

Recebeu uma grande dose de ópio e ficou inconsciente, mas, ao meio-dia, seus sofrimentos começaram novamente. Dispensou todo mundo e se debateu de um lado para o outro.

Sua esposa veio até ele e disse:

— Ivan, meu querido, faça isso por mim. Não pode fazer mal e muitas vezes ajuda. Pessoas saudáveis frequentemente o fazem.

Ele arregalou os olhos.

— O quê? Comunhão? Por quê? É desnecessário! Contudo...

Ela começou a chorar.

— Sim, faça, meu querido. Mandarei chamar nosso padre. Ele é um homem tão bom.

— Tudo bem. Tudo bem — ele murmurou.

Quando o padre veio e ouviu sua confissão, Ivan Ilitch se suavizou e pareceu sentir um alívio de suas dúvidas e, consequentemente, de seus sofrimentos, e, por um momento, veio um raio de esperança. Novamente começou a pensar no apêndice vermiforme e na possibilidade de corrigi-lo. Recebeu o sacramento com lágrimas nos olhos.

Quando o deitaram novamente, ele sentiu um momento de tranquilidade, e a esperança de que pudesse viver nascia nele novamente. Começou a pensar na operação que havia sido sugerida a ele. "Viver! Eu quero viver!", falou para si próprio.

A esposa veio para parabenizá-lo após a comunhão, e, ao proferir as palavras convencionais, adicionou:

— Você se sente melhor, não é?

Sem olhar para ela, ele disse:

— Sim.

Seu vestido, sua figura, a expressão de seu rosto, o tom de sua voz, tudo nela revelava-lhe a mesma coisa. "Está errado, não é como deveria ser. Tudo o que você viveu e ainda vive é falsidade e engano, escondendo a vida e a morte de você." E assim que admitira isso, seu ódio e seu sofrimento físico agonizante surgiam novamente, e com aquele sofrimento uma consciência do fim inevitável e próximo. E a isso eram adicionadas uma nova sensação de dor lancinante e uma sensação de sufocamento.

A expressão de seu rosto quando pronunciou aquele "sim" foi terrível. Tendo pronunciado, ele olhou-a diretamente nos olhos, virou o rosto com uma rapidez extraordinária para seu estado de fraqueza e gritou:

— Vá embora! Vá embora e me deixe sozinho!

CAPÍTULO XII

A partir daquele momento, Ivan Ilitch gritou por três dias, de forma tão terrível que se podia ouvir através de duas portas fechadas. No instante em que respondeu a esposa, percebeu que estava perdido, que não havia volta, que o fim havia chegado, e suas dúvidas ainda não haviam sido resolvidas e restavam perguntas.

“Oh! Oh! Oh!”, ele gritava em várias entonações. Começava gritando “Eu não vou!”, e continuava gritando a letra “O” por horas a fio.

Por três dias inteiros, durante os quais o tempo não existiu para ele, lutou contra aquele saco escuro para o qual estava sendo empurrado por uma força invisível e irresistível. Lutou como um homem condenado à morte que luta nas mãos do carrasco, sabendo que não pode se salvar. E a cada momento ele sentia que, apesar de todos os seus esforços, estava se aproximando cada vez mais do que o apavorava. Soube que sua agonia era devido a estar sendo empurrado para aquele buraco negro, e ainda mais por ele não ser capaz de entrar nele por completo, como deveria. Foi impedido de entrar no saco por sua convicção de que sua vida havia sido boa. Essa mesma justificativa segurava-o e o impedia de seguir em frente, e isso lhe causou o maior tormento de todos.

De repente, alguma força o atingiu no peito e na lateral, tornando ainda mais difícil respirar. Caiu no buraco e lá no fundo havia uma luz. O que aconteceu com ele foi como a sensação que às vezes se experimenta em um vagão de trem quando pensa-se estar indo para trás enquanto se está, na verdade, indo para a frente e, de repente, torna-se consciente da direção real.

"Sim, não era a coisa certa", disse ele a si mesmo, "mas isso não importa". Podia agora fazer a coisa certa. "Mas qual é a coisa certa?", ele se perguntou, e, de repente, ficou quieto.

Isso ocorreu no final do terceiro dia, duas horas antes de sua morte. Só então o filho colegial rastejou suavemente e foi até a cabeceira da cama. O moribundo ainda gritava desesperadamente e agitava os braços. Sua mão caiu na cabeça do menino, que a segurou, apertou contra os lábios e começou a chorar.

Naquele exato momento, Ivan Ilitch caiu e avistou a luz, e foi revelado a ele que, embora sua vida não tivesse sido o que deveria ter sido, isso ainda poderia ser retificado. Ele se perguntou: "Qual é a coisa certa?", e ficou quieto, ouvindo. Então sentiu que alguém beijava sua mão. Abriu os olhos, olhou para o filho e sentiu pena dele. Sua esposa foi até ele e ele olhou para ela. Ela o encarava boquiaberta, com lágrimas escorrendo sobre seu nariz e suas bochechas e um olhar desesperado em seu rosto. Ele também sentia pena dela.

"Sim, estou tornando-os miseráveis", pensou. "Eles estão arrependidos, mas será melhor para eles quando eu morrer." Queria dizer isso, mas não tinha forças. "Além disso, por que falar? Devo agir", pensou ele. Olhando para a esposa, indicou o filho e disse:

— Leve-o embora… desculpe por ele... sinto muito por você também...

Tentou adicionar "Perdoe-me", mas não conseguiu, e acenou com a mão, sabendo que aquele cujo entendimento era importante entenderia.

E de repente ficou claro para ele que aquilo que o estava oprimindo e não o deixava, agora se dissipava para todos os lados. Sentia pena deles, deveria agir para não machucá-los: libertá-los e libertar-se dos sofrimentos deles. "Que bom e tão simples!", ele pensou. "E a dor?", ele se perguntou. "O que tornou-se dela? Onde você está, dor?"

Ele voltou sua atenção para *ela*.

"Sim, aqui está. Bem, e daí? Deixe a dor vir."

"E a morte... cadê?"

Ele procurou seu antigo medo da morte e não o encontrou. "Cadê? O que é morte?" Não havia medo porque não havia morte.

No lugar da morte, havia luz.

"Então é isso!", ele de repente exclamou em voz alta. "Que alegria!"

Para ele, tudo isso aconteceu em um único instante, e o significado daquele instante não se alterou dali em diante. Para os presentes, sua agonia continuou por mais duas horas. Algo estremeceu na sua garganta, seu corpo emaciado se contraiu, então a respiração ofegante e o som tornaram-se cada vez menos frequentes.

— Está terminado! — disse alguém perto dele.

Ele ouviu essas palavras e as repetiu em sua alma.

"A morte acabou", disse para si mesmo. "Não existe mais!"

Ele respirou fundo, parou no meio de um suspiro, espreguiçou-se e morreu.

ENCONTRE MAIS
LIVROS COMO ESTE

[illegible]

[illegible]

[illegible]

[illegible]
[illegible]
матерь [illegible]
а [illegible]
Сибири [illegible]
[illegible] бы было [illegible]
больныхъ, безпо[illegible]
[illegible], какимъ [illegible]
[illegible]ствованія [illegible]
[illegible]ѣзда своего изъ за
[illegible] отца [illegible]

[illegible] какъ [illegible]
[illegible]
[illegible]
[illegible]
[illegible]

[illegible]

Глава I.

[illegible] кто у нас [illegible]

В начале [illegible]

в 1850-тых годах, к[illegible]

возвращался [illegible]

стариком, [illegible]

[illegible] его без[illegible]

[illegible] и сумасбродки[illegible]

в начале [illegible]

вскоре после [illegible]

[illegible] где он [illegible]

[illegible] воспитани[illegible]

[illegible] Федор [illegible]

[illegible]